Ein regennasser, kalter Wintertag – und Feierabend für Frans Laarmans. Er hat die besten Vorsätze und will schnurstracks nach Hause. Da kommen ihm drei afghanische Matrosen in die Quere. Sie halten ihm den Boden einer Zigarettenschachtel unter die Nase, worauf in Krakelschrift der Name »Maria« und eine Adresse stehen. Eine Dame von zweifelhaftem Ruf? Laarmans lässt alle Vorsätze fahren und geht mit den drei Fremdlingen auf die Suche. Als gegen Mitternacht ihre abenteuerlichen Reise durch die Gassen Antwerpens endet, sind sie nicht nur Freunde geworden, sondern haben zu ihrer eigenen Überraschung auch allerlei Glaubensrätsel und Kulturdifferenzen gelöst, für die andere mehr als ein Leben brauchen.

Willem Elsschot zeigt sich hier von seiner besten heiter-nachdenklichen Seite. *Maria in der Hafenkneipe* gilt als sein Vermächtnis und wurde 1948 mit dem belgischen Staatspreis ausgezeichnet.

Willem Elsschot

Maria in der Hafenkneipe

Aus dem Niederländischen
von Gerd Busse

Unionsverlag

Die Originalausgabe erschien 1946 unter dem Titel
Het Dwaallicht beim Verlag Van Kampen in Amsterdam.
Deutsche Erstausgabe

Die Übersetzung dieses Buches wurde gefördert
durch den Flämischen Literaturfonds.

Vlaams Fonds voor de Letteren

Im Internet
Aktuelle Informationen,
Dokumente, Materialien
www.unionsverlag.com

Rieterstrasse 18, CH-8027 Zürich
Telefon 0041-44-283 20 00, Fax 0041-44-283 20 01
mail@unionsverlag.ch

Einbandgestaltung: Peter Löffelholz, Zürich
Einbandfoto: Alexander Kolomietz
Illustrationen: Hrvoje Tomic / Dan Ionut Popescu (Montagen)
Druck und Bindung: CPI – Clausen & Bosse, Leck
ISBN 978-3-293-00410-8

Für Paul und Jan Veen

I

Ein elender Novemberabend, mit einem Nieselregen, der auch die Tapfersten von der Straße fegt. Und meine Stammkneipe liegt, leider, zu weit im Westen, um gegen den nasskalten Vorhang anzukämpfen. Zum ersten Mal seit sehr langer Zeit, denn die Jahre entfliehen, werde ich diesmal nach Hause gehen, wo man mein vorzeitiges Eintreffen als einen Schritt auf dem Weg zur Einkehr betrachten wird. Aller Anfang ist schwer, und besser spät als nie, wird meine Frau sagen. Doch erst noch eine Zeitung für heute Abend, am Ofen, denn wenn ich nicht lese, lässt mein Schweigen meine Hausgenossen frösteln.

Ach, ich kann gut verstehen, dass nichts so bedrückend ist wie die Anwesenheit eines Mannes, der vor sich hin starrt, als ob er allein wäre, der nie einen Scherz erzählt noch jemandem auf die Schulter klopft, um ihm für seine schlechten Tage Mut zu machen, der niemals fragt, wie es geht oder ob man glücklich ist.

Hier ist mein Laden, in den ich schon seit Jahren gehe und wo ich das alte Fräulein zum zehntausendsten Mal sagen höre, was sie über das Wetter denkt. Ja, gebe ich zu, Regen. Nieselregen, präzisiert sie. Ja, eigentlich Nieselregen. Denn ich würde diesem Stalagmiten, dessen allmähliche Entstehung ich aus der Nähe verfolgt habe, um nichts in der Welt zu widersprechen wagen.

»Schauen Sie mal, drei Reiskacker.« Und mit diesem hängenden Schneidezahn, der nicht fallen will, zeigt sie auf die Straße hinaus.

Tatsächlich, als ich nach draußen komme und meinen Kragen für den Trab zur Straßenbahn hochschlage, wird mein Anlauf von drei Schwarzen aufgehalten, die mir den Weg versperren. Die Besatzung eines Indienfahrers, so wie man sie hier öfter herumschlendern sieht. Augen wie Gazellen, langes, pechschwarzes Haar, ein Baumwollanzug, der mich schaudern lässt, und ein schwarzer Prunkmantel wie für eine festliche Gelegenheit. Einer trägt ein Mützchen, ist etwas größer als seine Kameraden und scheint der Anführer der Gesellschaft zu sein. Ehrlich gesagt machen sie gar nicht so viel her, denn wir sind diese malerischen Herumtreiber hier gewohnt. Alles schon da gewesen. Und ich will schließlich nach Hause, auch wenn es dort nichts gibt, was mich lockt.

»Sir«, sagt der Anführer mit schmeichelndem Blick und einem verführerischen Lächeln.

Sofort drückt er mir ein Stückchen Pappe in die Hand, deutet mit seinem zarten Zigarillofinger darauf und fragt: »Where?«

Will man nicht vereinnahmt werden, ist es angezeigt, in einem solchen Fall höflich »Entschuldigen Sie bitte« zu sagen, kurz zu lächeln und sofort weiterzugehen, als ob man in Eile ist, denn der wahre Gentleman muss in erster Linie die Kunst beherrschen, sich die Meute vom Leib zu halten. Ich weiß das schon eine ganze Weile, bin jedoch sicher zu alt, um mich noch dem neuen, sachlichen Stil anzupassen, denn ich nehme das Ding so gottergeben in Empfang, wie es der erstbeste Trottel tun würde. Die Schwarzen stehen neben mir und warten.

Bei näherer Betrachtung erweist es sich als der Boden einer Zigarettenschachtel. Mit Bleistift ist darauf ein krakeliger Text eingeritzt, aus dem ich auf den ersten Blick unmöglich schlau werden kann. Dann also kurz zum Ladenfenster, wo es heller ist. Und nach einer letzten Anstrengung entziffere ich das Rätsel: Maria van Dam, Kloosterstraat 15.

Meine Zeitungsfrau, neugierig, wie sie ist, öffnet die Tür und stellt mir ihre Kanzlei zur Verfügung.

»Kommen Sie herein, Mijnheer Verbruggen, hier sehen Sie besser. Und was haben sie gefragt?«

Sie verwechselt mich schon seit dreißig Jahren mit einem anderen, und jetzt lohnt es die Mühe nicht mehr, ihr zu sagen, dass ich Laarmans heiße. Wenn der Tag gekommen sein wird, an dem ich keine Zeitung mehr kaufe, soll sie ruhig eine Träne um Verbruggen vergießen.

»Where is it, Sir?«, fragt die sanfte Stimme zum zweiten Mal.

Zum Teufel, so einfach ist das nicht. Wie

kann ich diesem schwarzen Bruder begreiflich machen, wo genau die Kloosterstraat liegt? Ich sollte einen Plan zeichnen, doch unsere geometrischen Linien haben für sie womöglich keinerlei Bedeutung. Also werde ich versuchen, es kurz zu erklären.

»This way. Dritte rechts, zweite links, erste rechts und dann eine Straße … eine Straße …« Wie sagt man bloß »schräg« auf Englisch? Denn die letzte Straße, die wir brauchen, geht ebenso wenig rechts wie links ab. Außerdem ist es eine hinterhältige Straße voller Windungen. »Und dann nicht rechts und nicht links«, fahre ich fort, »sondern eine Straße …« Und ich fange an, mich so gewaltig ins Zeug zu legen, dass schon bald die Passanten dem Regen trotzen, einen Kreis bilden und uns mit Interesse beobachten. Kurzfassen, denn ich stehe hier wie ein Impresario, mit meiner Zeitungsfrau im Rücken. »Look here.« Und vornüberbeugend mache ich mit meinem Unterarm eine wellenförmige Bewegung, woraufhin die Zuschauer auf den Boden schauen, als ob ich dort etwas hingestreut hätte. »Do you understand?« Denn wenn sie es nicht begreifen, kann ich ihnen auch nicht helfen.

»Yes, Sir, thank you«, versichert mein hübscher Schwarzer mit einer zierlichen Verbeugung, während seine beiden Kameraden in meinem Gesicht zu lesen versuchen, ob meine Absichten auch aufrichtig sind. Einer sagt etwas in einer sehr fremden Sprache, der Anführer antwortet ihm, und ich merke, dass der Eindruck günstig ist. So günstig, dass der Mann mit der Mütze kurz in seinem Mantel kramt und mir eine Schachtel Zigaretten reicht, von derselben Marke wie das Visitenkärtchen mit der Marienbotschaft. Wirklich, ein Trinkgeld fehlte mir noch.

»For you, Sir«, sagt er.

Ich lehne sein Geschenk leidenschaftlich ab, fühle mich jedoch äußerst geschmeichelt, weil sie mich unter so vielen Mitbürgern auserwählt haben, zur Fleischwerdung ihres Traumes beizutragen.

»Das ist Sünde«, meint ein Fleischerjunge, »dann nehm ich sie.«

Woher er kommt, weiß ich nicht, doch plötzlich taucht ein grobschlächtiger Kerl auf, mit eingedrückter Nase und einer schäbigen Mütze, der ohne viel Aufhebens den Arm meines dunkelhäutigen Freundes packt und ihn ein paar

Schritte in einer Richtung mitschleift, in der die Kloosterstraat seiner Sehnsüchte mit Sicherheit nicht liegt. Es ist ein Kerl aus dem Hafenviertel, dem selbst der vorlaute Fleischerjunge instinktiv Platz macht. Ein würdiges Exemplar des Herrenvolks, das wir Weißen schließlich sind.

Ali Khan, so habe ich meinen fremdländischen Gefährten im Stillen getauft, befreit sich höflich aus dem respektlosen Griff und sieht mich prüfend an, während seine Freunde ihre flackernden Suchscheinwerfer auf Ali richten.

Es gibt kein Entrinnen mehr. Ich muss diesem Waldschrat zu Leibe rücken, oder meine schwarzen Gefährten sind verloren.

»Sie scheinen die Stadt nicht gut zu kennen? Denn die Kloosterstraat liegt nicht in dieser Richtung, Kamerad«, wage ich mich so behutsam wie möglich vor, um den Burschen bloß nicht zu brüskieren.

»Kamerad? Von wem denn?«, knurrt er. »Kloosterstraat, Kloosterstraat. Und das Stück Pappe, das sie jedem unter die Nase halten und das keiner lesen kann. Alles Quatsch. Ist das denn ein Wetter, um darin rumzulaufen, so wie die angezogen sind? Ich nehme sie mit zum Jolly Joker in der Zakstraat, dort gibt es billige Mädchen, mit solchen Titten.«

Er führt seine haarigen Pranken an die Brust, öffnet die Finger zu Klauen und deutet das Volumen an.

»Come on«, erklingt seine peitschende Stimme. »It's time to go.« Und zu mir gewandt gibt er mir zu verstehen, dass er und kein anderer diese drei Kunden aufgelesen hat.

Was soll ich tun? Meine Jungs ausliefern oder weiter daran mitwirken, dass ihre kollektive Hoffnung in Erfüllung geht? Sie lechzen nicht nach der Zakstraat, sondern nach Maria van Dam, daran besteht kein Zweifel. Wenn ich es jedoch wagen sollte, seine Zakstraat eigenmächtig als unwürdig zu verwerfen, gerate ich vielleicht noch in eine Schlägerei mit diesem Untier. Es wird also das Beste sein, sie selbst entscheiden zu lassen.

»Hört mal. Dort«, und ich zeige nach Norden, »sind die leichten Mädchen, die man für Geld kaufen kann. Und dort«, ich zeige in die Richtung des Gelobten Landes, »ist das Mädchen von der Zigarettenschachtel.«

»Nein, nicht die leichten Mädchen, die man

für Geld kaufen kann, wie Sie sie nennen, sondern diese«, sagt Ali entschieden und in gutem Englisch, seinen Papptalisman wie ein Fähnchen hin und her schwenkend.

»Dann müssen Sie diese Richtung nehmen. Dritte rechts, zweite links, erste rechts und dann … zickzack. Aber das müssen Sie selbst wissen.«

»Thank you, Sir.« Er verneigt sich wie eine adlige Dame, und hintereinander hergehend machen sich die drei durch den Nieselregen in Richtung der dritten Straße rechts auf, heftig mit Flüchen bedacht von dem Mann mit der eingedrückten Nase, derweil ich zur Straßenbahn gehe, die mich zu Frau und Kindern bringt. Die Geschichte ist für mich noch einmal glimpflich ausgegangen, vor allem der bündige Schluss, denn es ist oft eine lästige Aufgabe, sich elegant aus solchen Widrigkeiten herauszuwinden. Und noch was, ich will nach Hause, mit meiner Zeitung, um so einen ersten Schritt auf dem Pfad der Tugend zu machen.

2

Es stand sicher in den Sternen geschrieben, denn meine Straßenbahn wartet eine ganze Weile auf ihre Abfahrt. Ich weiß nicht, warum, doch ich fühle mich unbehaglich, wie einer, der etwas auf dem Gewissen hat. Von der Plattform aus blicke ich mechanisch nach draußen, wo es jetzt etwas weniger regnet, und plötzlich sehe ich meine drei Schwarzen, die aus der Bäckerei Jonkheer kommen, jeder mit einem Brötchen in der Hand, in das sie gierig hineinbeißen; dabei blicken sie um sich, als wollten sie sich orientieren. Sie scheinen zu schwanken zwischen der Reyndersstraat, dem ersten Schritt auf dem

Weg des Heils, und dem Oude Koornmarkt, der den Schlund zu einem Labyrinth bildet, in dem sie bis zum Morgengrauen umherirren können, wenn sie zurück auf ihr Schiff müssen, um dort ihre Arbeit wieder aufzunehmen. Niemals werden sie die Kloosterstraat finden, niemals. Und auch wenn sie die Straße fänden, wie sollten sie die Nummer fünfzehn entdecken, denn für sie müssen unsere Ziffern Hieroglyphen sein. Und mit einem Mal sehe ich mich selbst durch das Herz von Bombay schlendern, lustlos und enttäuscht. Es ist Nacht, und auf meinen Baumwollanzug fällt ein kühler Nieselregen. Ich irre straßein, straßaus durch Gassen und Basare auf der Suche nach Fathma, die unter einer roten Lampe auf mich wartet, in einem Häuschen, das in der siebenunddreißigsten rechts, fünfzehnten links, neunten rechts, siebten links und dann hinter einer gewundenen Gasse liegen soll, die ich niemals entdecken werde. In der Hand halte ich einen jämmerlichen Fetzen Pappe, auf den keiner reagiert, denn wie ein lebender Ganges strömt eine tausendköpfige Menschenmenge an mir vorbei, ohne mich auch nur eines Blickes zu würdigen. Aufgebrochen mit dem Herzen voller

Hoffnung und einem Feuer in den Augen, stehe ich nun zum dritten Mal an derselben Ecke. Es ist ein Kreislauf ohne Ausweg, und ich weiß nun ganz bestimmt, dass ich Fathma nicht finden werde, dass ich sie niemals ans Herz drücken werde. Beim ersten Morgengrauen löscht sie ihre treue Lampe und wirft sich auf den Diwan, schluchzend, weil dieser meineidige weiße Mann nicht gekommen ist.

Ich muss zugeben, dass ich mich der Burschen allzu leichtfertig entledigt habe, und mein Gestikulieren, das mir noch lebhaft in Erinnerung ist, kommt mir bereits lächerlich vor, vor allem dieses Zickzack, denn es ist sehr unwahrscheinlich, dass sie meine Absicht verstanden haben. Und diese Maria van Dam, deren Namen sie so begeistert in ihrem Wappenschild aus Karton führen, wer mag das wohl sein? Sicher ein Mädchen aus dem Volk, denn ich kann mir nicht vorstellen, dass drei Kulis im abendlichen Hafenviertel auf der Suche nach einem Edelfräulein wären. Im Volk findet man jedoch verdammt hübsche Miezen, die meist nicht viel Umstände machen. Und Maria ist für mich der schönste aller Mädchennamen. Nun, das ist Nebensache, denn es geht nicht um mich, sondern um das Los dieser umherirrenden armen Teufel.

Unwillkürlich springe ich von der Straßenbahn und gehe auf meine Schwarzen zu, die mich sofort wiedererkennen und mit einem Lächeln wie die Morgenröte willkommen heißen.

»Eine merkwürdige Stadt«, sagt Ali, »eine Straße sieht aus wie die andere.« Doch ich bedeute ihm mit der Hand, zu schweigen, und erkläre, dass ich sie zu dem Mädchen von der Zigarettenschachtel begleiten werde. Sogleich schreite ich entschlossen in Richtung der dritten Straße rechts, neben mir Ali, gefolgt von seinen dunklen, schweigsamen Kameraden.

So bin ich denn endlich einmal mit Menschen unterwegs, die sich ganz und gar von jenen Volksgenossen unterscheiden, mit denen ich verdammt bin, meine Tage zu verbringen. Mit Menschen, die eine andere Hautfarbe haben, anders gehen, anders grüßen und lachen, vielleicht auch anders hassen und lieben, die jedenfalls noch nie von unseren berühmtesten Mitbürgern gehört haben und denen unsere Könige und Heiligen nicht das Geringste sagen, also sehr wahrscheinlich Menschen ganz nach meinem Geschmack. Und nun, da diese drei so unverhofft meinen Weg gekreuzt haben, muss ich unverzüglich das Beste draus machen, denn unsere Beziehung wird nur von kurzer Dauer sein.

Um irgendwo einen Anfang zu machen, frage ich Ali, ob er Maria schon gesehen hat, denn wer weiß, wie sie an die eigenartige Visitenkarte gelangt sind, und ich will sicher sein, dass sie keine Erfindung, sondern ein Mensch aus Fleisch und Blut ist. Ja, er habe sie gesehen. Ob sie ein nettes Mädchen sei? »Very nice«, versichert er mit Nachdruck. Jung? Ich baue nämlich darauf, dass es keine alte Jungfer sein wird, die am Ende unseres Kreuzzugs vor uns auftauchen wird. Ali bejaht, jedoch nicht ganz überzeugend.

»Ungefähr fünfzehn Jahre alt?« Unsere Ideen über jung und alt können schließlich sehr verschieden sein, und ich bilde mir ein, dass die Schwarzen es mit unseren Moralvorstellungen nicht so genau nehmen. Und um mir für Leute die Hacken abzulaufen, die alle Vorurteile in unserem abendländischen Lexikon bestätigen – da sage ich herzlichen Dank.

»Nein, nein«, versichert er lachend, mit einer

abwehrenden Handbewegung. Er wendet den Kopf und sagt etwas in seiner Sprache, woraufhin auch seine beiden Gefährten wie Kinder zu lachen beginnen.

»Vierzehn?«

Diesmal erhalte ich von seinem braunen Zeigefinger einen Tadel, und er erklärt nun, dass sie so um die zwanzig sein müsse.

»Das ist auch besser so«, sage ich väterlich, auch wenn es mich etwas enttäuscht.

»Besser für das Gesetz der weißen Menschen«, präzisiert Ali.

Also doch kein Vorurteil. Er beugt sich nur notgedrungen dem Zerberus, der unsere Herde auf dem rechten Weg hält.

Hier hinein, denn dies ist die zweite Straße links, und das Ziel ist fast in Sicht. Wenn doch nur der elende Regen aufhören würde, dann wäre alles gut, denn sind wir nicht unterwegs zu einer Hochzeit? Eigentlich sollten wir einen Blumenstrauß kaufen, um dort nicht mit leeren Händen anzukommen, doch zu dieser Jahreszeit gibt es vor allem Chrysanthemen, und ich weiß wirklich nicht, ob die festlich genug sind, wo sie doch vor allem dazu dienen, Begräbnissen Glanz zu verleihen. Dort, neben dem alteingesessenen Fleischer, gibt es seit Jahr und Tag ein Blumengeschäft, und ein Blick kann schließlich nicht schaden. Die Auswahl besteht hauptsächlich aus Zierpflanzen, doch nach kurzem Suchen entdecke ich im hinteren Teil einen Korb mit Blumen, die mir unbekannt sind, deren feuriges Rot jedoch ausgezeichnet zur Stimmung meiner Gefährten passt. Fragt sich nur, ob jemand wie Maria van Dam mit Blumen etwas anzufangen weiß, und außerdem vermag ich schon gar nicht zu sagen, ob man in Indien überhaupt mit Blumen arbeitet. Blumen oder keine Blumen. Der Zweifel macht mich beklommen.

»Some flowers for the girl?«, frage ich Ali, denn schließlich sind sie es, die in dieser Angelegenheit das letzte Wort haben müssen.

Er beratschlagt sich mit seinen Freunden und sagt dann, dass es in Ordnung sei.

In Ordnung, in Ordnung. Das ist für mich keine Antwort. Eigentlich kann es mir egal sein, glaube ich, denn ich habe nichts mit der Unternehmung zu tun, und frage deshalb noch einmal, was sie davon halten.

»In jedem Land muss man es wie die Menschen machen, die dort leben«, stellt er fest. Und ob ich sie wohl kaufen könne, denn sie würden hier ziemlich oft übers Ohr gehauen, da sie sich mit unserem Geld nicht auskennen.

Der Strauß sieht gut aus und ist so bescheiden in seinen Abmessungen, dass wir bei Mittelspersonen, die uns den Zugang zu Maria versperren könnten, nicht zu viel Aufsehen erregen werden. Ali fragt sofort, wie viel er gekostet hat, und will sich keinen Fußbreit mehr bewegen, bevor ich sein Geld angenommen habe. Dann erst nimmt er die Blumen in Empfang, und wir können weiter.

Ich möchte nun wissen, ob sie Maria schon lange kennen.

Nein, erst seit heute. Sie sei an Bord gekommen, um Säcke zu flicken, und sie hätten ihr einen Schal gegeben, ein Glas Ingwer und sechs Schachteln Zigaretten. Nachdem sie dies alles angenommen habe, sei eine Verabredung für den Abend getroffen worden, und als die erste Schachtel leer gewesen sei, habe sie Namen und Adresse auf den Boden der Schachtel geschrieben. Also nicht am Wegesrand gefunden. Das bietet einige Gewähr.

Und wer von ihnen nun eigentlich in sie verliebt sei. Er selbst, oder einer von seinen beiden Jüngern?

»Alle drei«, versichert Ali.

Ich sehe ihn prüfend an, denn es könnte ja ein Scherz sein, doch aus seinem Angesicht spricht die Aufrichtigkeit eines Pferdes.

Ich kann meine westliche Unbescheidenheit nicht länger im Zaum halten.

Und ob Maria sie wirklich alle drei zu sich bestellt habe?

Denn das würde von einem außergewöhnlichen Unternehmungsgeist für ein Mädchen von zwanzig zeugen.

Ja, alle drei. Sie habe von jedem etwas bekommen und bisher keinerlei Unterschied gemacht. Und sie hätten daraus gefolgert, dass sie mit allen dreien fertig werden könne.

Das eröffnet zumindest Perspektiven, und es scheint erst der Anfang.

Ob sie glaubten, dass sie auf ihrem Posten sei?

»Natürlich«, sagt Ali, »sonst hätte sie unsere Geschenke doch abgelehnt?«

Sein Vertrauen wirkt so ansteckend, dass ich

nun meinerseits von Marias Opferbereitschaft überzeugt bin.

»Dies ist die Straße«, erkläre ich. »Und hier ist die Nummer fünfzehn. Hier ist das nette Mädchen, das euch erwartet.«

Und wir machen halt, um den Zauberpalast zu inspizieren.

Ich könnte nun Abschied nehmen, denn meine Christenpflicht ist erfüllt, und für die Apotheose haben sie eigentlich meinen Beistand nicht nötig. Aber warum nicht bleiben? Wo Platz für drei ist, ist auch Platz für vier, doch ich verscheuche gewaltsam den sündigen Gedanken. Meine Gefährten wirken trotz alledem fröhlich und herzlich, und ich habe den Eindruck, dass sie bereit sind, Maria geschwisterlich mit mir zu teilen. Nein und nochmals nein. Ich will nur bei der ersten Begrüßung meiner drei Romeos dabei sein, ihnen noch kurz meinen Segen erteilen und erst mit steifen Gliedern und meiner Zeitung nach Hause gehen, wenn ich die Krone auf mein Werk gesetzt habe.

3

Nummer fünfzehn erweist sich als ein Laden, in dem es nichts anderes zu kaufen gibt als Vogelkäfige, denn soviel ich auch suche, es gibt keinen anderen Artikel im Sortiment. Ich muss gestehen, dass ich keine Ahnung hatte von der Existenz eines solchen Ladens in unserer Stadt, und wir können gaffen, solange wir wollen, es wird nichts an dieser unerhörten Tatsache ändern. Die Käfige werden sich dadurch nicht in Injektionsapparate verwandeln, sondern bleiben, was sie sind. Vom schlichtesten Vogelbauer bis hin zum glänzenden Messingkäfig, der mindestens auf Papageien wartet, stehen Käfige, hängen Käfige, das ganze Schaufenster ist voll damit. Ein ordentliches und reinliches Schaufenster, das muss ich zugeben, doch ein eigenartiges Spezialgebiet für jemanden wie Maria van Dam, scheint mir.

Ich sehe, dass meine Begleiter mindestens genauso erstaunt sind wie ich. Sie schauen einander an, wechseln ein paar Worte, und Ali zeigt mir noch einmal sein Pappstückchen, denn eine neuerliche Prüfung scheint angebracht. Also sehe ich aus Pflichtgefühl noch einmal nach, um dann bestätigen zu müssen, dass der Text vollkommen mit der Adresse dieses eigenartigen Ladengeschäfts übereinstimmt. Kann ich es ändern, dass hier kein Tingeltangel ist oder so etwas wie das kleine Haus von Fathma mit der roten Lampe, der ich in Bombay nachgejagt bin? Egal, Tingeltangel oder nicht, Maria muss nun zum Vorschein kommen, sonst war unsere Lauferei im Nieselregen sinnlos, und diese Leute sollen nicht eines Tages sagen können, sie hätten sich vergeblich auf mich verlassen. Dann mal los, meine Herren. Übrigens, warum sollte Maria etwas mit diesen Käfigen zu tun haben, die ihr sicher genauso einerlei sind wie uns vieren. Sie kann hier ebenso gut in einem Dachzimmer wohnen, in einem Keller oder in irgendeinem Raum, in dem ein Bett Platz hat, oder ein Diwan, so wie bei Fathma.

Ob ich mit Ali eintreten sollte, um sie rufen zu lassen? Dann können seine Gefährten so lange vor dem Schaufenster stehen bleiben und noch eine Weile die Auslagen genießen, denn eine Viererdelegation, drei davon so schwarz wie der Teufel, könnte den Bewohnern einen Schrecken einjagen. Die beiden anderen sind also vorerst lediglich Statisten, etwas Umsicht kann hier nicht schaden. Ali ist zu allem bereit, und wir gehen hinein. Ich schließe rasch die Tür, um die elektrische Klingel zum Schweigen zu bringen, und stelle mich wartend an die Theke, während Ali mit seinem Blumenstrauß entschlossen näher tritt. Seine Liebe macht ihn mutig, denn er befindet sich schließlich in einem Land, in dem Menschen mit einer dunklen Hautfarbe nicht mehr zählen als ein Foxterrier.

Jetzt kann Maria jeden Augenblick erscheinen, denn in der Grotte von Lourdes ist das Wunder doch auch geschehen. Sie steckt vielleicht bis zu den Ohren in ihrem Ingwerglas, muss noch eben ihre Augenbrauen nachziehen, ein wenig Puder und Rouge nachlegen, doch dann wird sie uns entgegentreten, mit einem freundlichen »Good evening«, denn so viel Englisch wird sie wohl können. Und kann sie es nicht, soll sie eben Flämisch sprechen, und ich werde dolmetschen, bis das letzte Hindernis aus dem Weg geräumt ist. Das wird eine nicht alltägliche Unterhaltung werden, bevor zur Tat geschritten wird.

Im Hinterzimmer höre ich schließlich, wie ein Stuhl gerückt wird, die Tür geht auf, und eine beleibte ältere Frau, ebenso ordentlich und reinlich wie das Schaufenster, kommt in den Laden gewackelt. Auf jeden Fall scheint sie nicht unsere Maria zu sein, sondern bestenfalls ihre Mutter oder eine Tante, sonst bin ich der Maharadscha von Allahabad. Um dennoch sicherzugehen, sehe ich meinen Gefährten an und frage, ob sie *the girl* sei, denn bei solchen Burschen weiß man nie. Wenn sie auch aussieht wie fünfzig, so hat sie doch Fleisch auf den Knochen.

»No«, sagt er, mit Abscheu im Blick.

Die Frau, die glänzt, als ob sie frisch gebohnert

wäre, steht jetzt vor uns und teilt mir spontan mit, dass der große Papageienkäfig noch nicht fertig sei, aber ganz bestimmt Montagabend vor dem Auslaufen an Bord geliefert werde. Und ob wir Kapitän Cunningham dies ausrichten wollten.

Ich weiß nicht mehr, ob ich wache oder träume. Ali kennt die Kloosterstraat also ebenso gut wie ich. Doch warum hat er mir dann das Pappstück gezeigt? Wie einen Köder, um mich durch dieses Hundewetter mitzulotsen. Nein, das kann ich nicht glauben. Denn schließlich hat er das Schaufenster angestarrt, als ob es die Niagarafälle wären, und unterwegs kein Sterbenswörtchen über irgendwelche Käfige gesagt. Dennoch frage ich sofort, ob er so ein Ding bestellt habe, um es mitzunehmen aufs Meer, also ob er hier schon gewesen sei. Doch er verneint dies energisch und besteht darauf, dass er einzig und allein *for the girl* gekommen sei.

Das Frauenzimmer scheint Englisch zu verstehen, denn sie fragt ihn nun selbst, ob er denn nicht von der *City of Rangoon* sei.

»Nein«, sagt Ali, »wir kommen von der *Dehli Castle.*«

Für mich ist nun alles klar, nicht jedoch für die Käfigfrau.

So, sagt sie trocken. Was wir denn nun eigentlich wollten?

Ich werde nun mal mit der Tür ins Haus fallen.

»Wollen Sie so gut sein, Mevrouw, und Maria van Dam ausrichten, dass die Herren von der *Dehli Castle* hier sind, und sie fragen, ob sie uns empfangen kann?«

Denn die Begrüßung will ich wenigstens noch miterleben. Soll ich ihr die Blumen anvertrauen, um sie Maria schon mal, als Vorgeschmack auf mehr, zu geben?

Sie sieht mich an, als wäre ich der Mann im Mond, und fragt dann, was ich gesagt habe, sodass ich meine Tirade wiederholen muss.

»Maria van Dam? Die kenne ich nicht. Wir heißen Pasmans.« Dass sie Pasmans heißt, will ich noch durchgehen lassen, doch dass sie behauptet, unsere Maria nicht zu kennen, finde ich ein starkes Stück. Oder vertraut uns das Weib nicht? Denn dass man von der *Dehli Castle* kommt, kann schließlich jeder behaupten. Dann also Beweise vorlegen.

Ich bitte Ali um seinen Talisman, lege das geheiligte Pappstück vor sie auf die Theke und zeige auf den Text, den Maria geruht hat, eigenhändig zu schreiben, nachdem der Rauch ihrer letzten Zigarette sich verzogen hatte, ein offizieller Text, der jede weitere Diskussion ausschließt.

»Zeigen Sie es ihr doch eben, Mevrouw, dann weiß sie Bescheid, denn sie hat es selbst geschrieben, als sie wegen der Säcke heute Morgen an Bord war.«

»Wegen der Säcke«, wiederholt die reinliche Frau meine Worte, in einem Tonfall, der mich erröten lässt.

Sie geht kurz ins Hinterzimmer, kommt mit einer Brille zurück und studiert kopfschüttelnd das krakelige Monogramm, erst richtig herum, dann auf dem Kopf, mit einer Gründlichkeit, die Respekt abverlangt.

»Das kann ich nicht lesen, Mijnheer. Und von Maria van Dam habe ich noch nie gehört«, versichert sie nochmals, das Stück Pappe so behutsam von sich schiebend, als ob es ihr Aussatz bescheren könnte.

Ruhig wartet sie ab, ob sie uns mit etwas anderem behilflich sein kann, sieht dabei auf die

Straße hinaus und entdeckt offenbar unsere zwei schmachtenden Kameraden, die ihre dunklen Gesichter gegen die Fensterscheibe drücken und zwischen die Käfige hindurch in unsere Richtung spähen, um auf das erste Zeichen hin ihren triumphierenden Einzug zu halten. Vom Schaufenster scheinen sie genug zu haben, denn ihre flackernden Augen sind unentwegt auf unser Grüppchen gerichtet. Es ist ihnen anzusehen, dass jeder von ihnen bestens mit seinem Anteil an Maria fertig werden wird.

Das Frauenzimmer, das nun sichtlich misstrauisch wird, wirft einen Blick auf Ali, wie um zu überprüfen, ob er von derselben Art ist wie die beiden, die draußen stehen, und ob wir nicht eine Bande bilden, die sich aus strategischen Gründen in zwei Gruppen aufgeteilt hat.

»Gehören die auch zu euch?«, fragt sie.

Und ohne auf Antwort zu warten, geht sie bis zur Tür des Wohnzimmers, ruft dort lauthals »Frans« und stellt sich dann wieder hinter ihre Theke wie hinter eine Brustwehr.

Es scheint hier Disziplin zu herrschen, denn wir brauchen nicht lange zu warten. Ich höre sofort, dass die Treppe gewaltig knarrt, und Frans tritt ein, ruhig, die Hände in den Hosentaschen. Er ähnelt seiner Mutter, auch was die Reinlichkeit betrifft, ist jedoch so groß und breitschultrig wie unser Landesmeister im Ringen. Wie ein Schwerlastkahn steuert er langsam auf uns zu, und als er vor Anker geht, fragt er mit einer Kopfbewegung, was los ist. Er ist offenbar mehr ein Mann der Tat als des Wortes. Seine Mutter deutet mit den Augen in Richtung des Schaufensters und erklärt, dass sich uns zufolge eine gewisse Maria van Dam hier, im Haus der Pasmänner, eingenistet hätte. Dass sie gesagt habe, nie von dem Mädchen gehört zu haben, wir jedoch weiter gedrängt und ihr dieses Stück Pappe, aus dem kein Mensch schlau werden könne, unter die Nase gehalten hätten.

Im Großen und Ganzen entspricht ihr Bericht der Wahrheit, doch das mit dem Unter-die-Nase-Halten ist gehässig und übertrieben, denn sie kann nicht abstreiten, dass wir korrekt und höflich gewesen sind. Frans scheint genug gehört zu haben und nicht im Geringsten geneigt zu sein, sich in unseren Fall zu vertiefen, denn er sieht meine schwarzen Gefährten an, als wären sie Abschaum, schmeißt unseren Talisman auf den Boden, ohne ihn eines Blickes zu würdigen, und bestätigt, in einem Ton, der keinen Widerspruch duldet, dass unsere Braut ihm völlig unbekannt sei.

Mir scheint, dass uns nichts anderes übrig bleibt, als zum Rückzug zu blasen, bevor Frans uns hinauswirft. Mit ein paar Worten bedanke ich mich bei Mutter und Sohn. Ali liest noch rasch sein Pappstück auf, und wir verlassen die vermaledeite Höhle, um von dannen zu ziehen, Alis Doppelgänger wiederum in unserem Kielwasser. Von der Tür aus blickt Frans uns nach.

Hinter der ersten Ecke bleibe ich stehen, vor Scham vergehend. Ich habe mich also, zum soundsovielten Mal, in etwas eingemischt, das mich nichts angeht, anstatt mich wie ein vernunftbegabtes Wesen abzuwenden und dem Schicksal seinen Lauf zu lassen. Die Jahre machen mich leider nicht weiser, und ich bin dem Drängen meines ungestümen Herzens nicht mehr gewachsen, das mir nicht folgen will auf der abschüssigen Bahn des Verfalls. Was sollen meine drei Freunde von mir denken? Statt einer wohlriechenden, schmachtenden Fee habe ich nichts anderes zu präsentieren als dieses scheußliche Paar. Sollte ich mir dafür das Air eines Generals geben? Und dann die elenden Blumen. Hätte ich nicht besser daran getan, ihren Traum auf der Stelle zu zertreten wie eine Natter und den Mann mit der eingedrückten Nase gewähren zu lassen? Sollte der denn nichts daran verdienen dürfen, dass er ihre Bedürfnisse stillen wollte? Er trug das Herz doch auf dem rechten Fleck, denn der Regen hatte seine Aufmerksamkeit sofort auf ihr klägliches Aussehen gelenkt. War er also nicht der Bote der Vorsehung, und ist dieses Jolly Joker wirklich so übel? Dort hätten sie zumindest längst ein Mädchen auf ihrem Schoß gehabt, anstatt in diesem Nieselregen wie verlorene Seelen einer Chimäre nachzujagen. Und ich selbst hätte bereits seit einer Stunde zu Hause sein können, wie es sich gehört, während ich hier nun mit unreinen Absichten und einem leeren Magen herumlaufe. Doch was tun? Ich kann dieses durchweichte Trio doch nicht plötzlich seinem Schicksal überlassen, auch wenn ich nicht sehe, wie ich sie trocknen könnte. Das Beste wäre, wenn sie jetzt von sich aus Abschied nähmen, damit fände unsere lächerliche Eidgenossenschaft ein Ende, und jeder könnte seines

Weges ziehen, als hätten wir uns nie gekannt: ich mit meiner Zeitung nach Hause, und sie mit oder ohne Blumen zurück zu ihrer *Dehli Castle* oder zum erstbesten Ofen, denn sie werden zu sehr abgekühlt sein, um jetzt noch für das Jolly Joker in Betracht zu kommen. Das erste Wort muss jedoch von ihnen kommen, sonst sitze ich nachher am Ofen und hege wieder Groll gegen mich selbst. Doch keiner von ihnen sagt etwas. Sie stehen schweigend neben mir, wie um mich nicht in meinen bitteren Überlegungen zu stören.

Da spüre ich Alis zarte Hand, die mich vorsichtig berührt, und als ich hinschaue, zeigt er nach oben und sagt: »Stars, good hope.« Ich hebe die Augen und blicke in ein Firmament, das vor lauter Sternen funkelt.

Was für ein Feigling ich doch bin. Recht hast du, Ali, wir dürfen nicht verzagen. Das Luder ist mich noch nicht los, und ich werde an dem eingeschlagenen Weg festhalten, bis sie, und wenn man sie festbinden muss, eurer Willkür ausgeliefert ist, bis der Schal und das Ingwerglas vergolten sind. Solange die Soldaten noch bereitstehen, kann der Anführer nicht zurücktreten.

Was nützt jedoch all der Tatendurst, denn unsere Stadt ist groß, und der Marias gibt es viele. Mal eben nachdenken. Es ist nicht anzunehmen, dass so ein Herzchen zu hundert Prozent gelogen hat, und es könnte doch gut sein, dass sie hier irgendwo in der Nähe wohnt. Warum nicht beispielsweise in der Nummer fünfzehn irgendeiner anderen Straße, oder hier in der Kloosterstraat 51, denn es muss doch ein wahrer Kern in dieser Geschichte stecken, die ihr so unwillkürlich aus dem Herzen entsprungen ist. Denn sonst könnte sie auch Jeanne Goethals heißen statt Maria van Dam, und so etwas wäre doch himmelschreiend. Um den kürzesten Weg zu nehmen, schlage ich vor, uns bei der Polizei zu erkundigen, die hier in der Nähe eine Filiale hat. Gelingt es nicht, bleibt uns der Trost, nichts unversucht gelassen zu haben, und dann schlafe ich heute Nacht wenigstens ruhig. Alles oder nichts. Ich hoffe inständig, dass wir lebend davonkommen.

Ali hat meinen Vorschlag übersetzt, und ich merke sofort, dass sie ihn ernst nehmen, denn es folgt ein konzentrierter Gedankenaustausch, an dem sich alle drei beteiligen.

Ja, wenn sie mit weißen Polizisten in Berührung kommen, geht die Sache für solche Herumtreiber selten gut aus, und ich gebe gerne zu, dass ich mich selbst nur widerwillig an staatliche Instanzen wende, denn darin steckt eine Unterwerfung, gegen die sich bei mir alles sträubt. Außerdem kennen meine schwarzen Gefährten mich überhaupt nicht: Ich könnte doch ebenso gut ein verkappter Diener der weißen Masse sein?

So stehe ich hier vor einem farbigen Gericht. Ein noch nie da gewesener Fall. Sie fragen sich natürlich, ob ich so viel Vertrauen wert bin, und es ist nicht ausgeschlossen, dass der Urteilsspruch ungünstig für mich ausfallen könnte, sie mich für nicht zuständig erklären und wie einen Gebrandmarkten nach Hause schicken, um aus eigener Kraft weiter in die Nacht hinauszuziehen. Verdammt, wenn sie es wagen sollten, mir das anzutun, dann knallt es, denn von meinem Ehrgefühl kann ich nicht lassen. Ich habe schon so viel über Bord geworfen, dass ich gut einmal mangels Gewicht kentern könnte.

Auch wenn mir ihre Sprache so fremd ist wie die von Brummfliegen, höre ich doch heraus, dass das Urteil nahe ist, denn die letzten Töne können nur knappe Ratschläge sein.

Sie betrachten mich noch einmal eingehend, und Ali erklärt dann schlicht, dass sie mit mir mitgehen würden.

Freunde, habt Dank. Ihr habt mir eine große Ernüchterung erspart, und ich weiß nun, dass ihr bereit seid, mir zu folgen, selbst wenn es in die Unterwelt ginge. Also los. Jetzt, da sie auf mich zählen wie auf ihren Gott, kann ich unmöglich zurück, und ich gebe das Signal zum Aufbruch. Zwei vorneweg und zwei hinterher, das Herz voller Hoffnung, unter einem Sternenhimmel ohne Nieselregen. So ist es auch drei Königen ergangen, vor langer, langer Zeit.

4

Hier, bei dieser kleinen Grünanlage, in der ein paar Bänke stehen, liegt die Wache, die das Ziel unserer Tour ist, und jetzt müssen meine schwarzen Gefährten sich entscheiden, was sie tun wollen, mitgehen oder draußen bleiben.

Aus sicherem Abstand betrachten sie die rote Laterne, die ein Privileg unserer Polizei ist, und erörtern die Frage ein letztes Mal – ein Zischeln und Trällern wie von Vögeln in einem Gebüsch. Als sie verstummen, teilt Ali mir die Entscheidung mit. Falls ich damit einverstanden sei, solle ich allein gehen, während sie auf dieser Bank hier meiner Rückkehr harren würden. »Hell-

und dunkelhäutige Menschen gehören nicht zusammen«, sagt er mit einem fatalistischen Kopfschütteln. Leider, du hast recht, Ali. Ich werde tun, was ich kann, und falls Marias Unterschlupf hier bekannt ist, werden wir nach dieser abschließenden Prüfung unsere letzte Etappe mit frischem Mut zurücklegen. Ich gebe noch einmal jedem die Hand und gehe hinein, während die drei ihre baumwollenen Hosen in der Grünanlage auf eine triefende Bank pappen.

In der Wachstube sitzt hinter einem Tisch ein dicker Polizist, und mit dicken Menschen lässt es sich meist reden. Es ist, als ob ihr satter Leib ihrem Charakter eine gewisse Großzügigkeit verleiht, oder aber sie haben den Wanst ihrer Großzügigkeit zu verdanken. Er blättert friedfertig in einem riesigen Folianten, der den ganzen Tisch bedeckt, blickt nur einmal kurz hoch und schlägt dann eine weitere Seite um. Ein Mann, der es genießt, an seinem herrlich warmen Ofen zu sitzen, ein Mann mit einer guten Verdauung, der keiner Fliege etwas zuleide tun kann, darauf würde ich meinen Kopf wetten. Ich nehme meinen Hut ab und warte, bis er geruht, das Wort an mich zu richten, denn da er offenbar gerade mit etwas Wichtigem beschäftigt ist, ist es ratsam, ihn weiterblättern zu lassen, bis er genug hat. Sich hin und wieder seine appetitlichen Finger leckend, fährt er fort, bis er auf der letzten Seite angelangt ist, klappt dann den Folianten zu, bindet die am Pappeinband befestigten Bändchen sorgfältig zu und fragt endlich, was er für mich tun könne. Seine Frage klingt jovial, als wäre er bereit, mir zu Diensten zu sein, bis der neue Tag heraufzieht.

Ich erzähle, dass ich als Privatdetektiv auf der Suche nach einer gewissen Maria van Dam sei, die wahrscheinlich hier im Viertel wohne. Dass drei Kulis an Bord der *Dehli Castle* bestohlen worden seien und die Agenten der Reederei mich beauftragt hätten, die Sache zu bereinigen, ohne die staatlichen Stellen mit solch einer Bagatelle zu belästigen. Diese Maria van Dam nun könnte mich auf die richtige Spur bringen. Und ob er vielleicht nachsehen könne, wo sie wohnhaft sei.

»Und dafür wird ein Detektiv eingeschaltet?«, fragt er kopfschüttelnd. »Diese englischen Reeder scheinen nicht zu wissen, wohin mit ihrem vielen Geld. Aber ich kann Ihnen leider nicht helfen, Herr Kollege, denn Sie wissen so gut wie ich, dass die Melderegister nur im Rathaus eingesehen werden können. Ansonsten mit dem größten Vergnügen. Und morgen ist Sonntag, sodass Sie zwei kostbare Tage verlieren. Mehr als genug Zeit, das Zeug beiseitezuschaffen.«

Alis letzte Chance ist also dahin, und ich stehe dem Schicksal machtlos gegenüber. Als ich jedoch Anstalten mache, mich zu verabschieden, schlägt sich mein freundliches Schweinchen plötzlich vor die Stirn und fängt an, die Bändchen seines Folianten wieder aufzuknoten, als wäre ihm in letzter Sekunde ein Licht aufgegangen.

»Dass ich nicht sofort daran gedacht habe. Ja, wenn man alt wird. Das Wählerverzeichnis des Viertels, Herr Kollege. Heute Morgen erst bekommen. Enormer Zufall, denn wir kriegen es nur alle vier Jahre einmal. Hier muss sie drinstehen, zumindest, wenn sie volljährig ist. Wir werden mal eben schauen.« Und mit seinem Wurstfinger gleitet er am Rand jeder Seite entlang nach unten, während er zitiert: »Van Aken, van Alsenoy, van Apers, van Asch, van Baalen, van Bauwel, van Belle, van Beneden, van Bergen, van Bockel. Weiter, Junge, weiter. Van Cutsem, van Daele, van Dam. Sieh mal an, so viele van Dams! Zwei Seiten voll. Aber wo sind die Marias? Van Dam, Albert, van Dam, Bernard. Die nützen Ihnen nichts, denn wir suchen ein Van-Dam-Weibchen, nicht wahr? Van Dam, Louis, van Dam, Maria Albertina. Halt! Geboren am 11. März 1876, also zweiundsechzig. Können Sie damit etwas anfangen? Die ist auf jeden Fall volljährig. Nichts für Sie? Und hier gibt es noch zwei, beide Jahrgang 1916, also zweiundzwanzig. Junges Gemüse, Herr Kollege. Die erste wohnt in der Lange Ridderstraat.«

»Die Hausnummer?«, frage ich ungeduldig.

»Einundsiebzig. Und die andere in der Zand, in der Nummer fünfzehn.«

Ein Hoch auf die Zand! Dieselbe Nummer wie die von der Kloosterstraat. Diesmal wird das Wild an der Krippe gestellt.

»Warten Sie mal«, fährt er dienstbeflissen fort, »ich sehe es vor mir. In Nummer elf wohnt der Lahme Jan, in Nummer dreizehn ein Lumpenhändler, und Nummer fünfzehn ist das Carlton Hotel von Kortenaar, ein holländisches Halbblut – der sitzt öfter mal wegen Hehlerei. Wenn der alte Fuchs irgendetwas rausrückt, so sagen Sie es mir, denn dann gebe ich einen Schnaps aus. Nein, Mann, den bringt man nur mit Geld oder mit einer Tracht Prügel zum Reden. Und sollten Sie dort in die Klemme geraten, was gut möglich ist, dann rufen Sie uns an. Unsere Nummer ist 37 03 04. Ich glaube, dass Sie auf der richtigen Spur sind, und Sie brauchen sich nicht einmal zu beeilen, denn er hat rund um die Uhr auf. Aber was ist denn da draußen los?«

»This way, bloody nigger«, ertönt es befehlend. Sogleich wird die Tür aufgerissen, und Ali mitsamt Blumenstrauß wird von einem Polizisten, der ihn fest beim Kragen hält, in den Raum gestoßen.

»Sit down, du Schwarzer Peter«, sagt der Staatsdiener und drückt ihn in einen Stuhl.

Er habe den Mann dabei erwischt, wie er an der Eingangstür gestanden und durch das Schlüsselloch gespäht habe, während seine beiden Komplizen, die auf einer Bank saßen und taten, als ob sie Luft schnappen wollten, Schmiere gestanden hätten. Die Masche kennen wir. Doch sich nun ausgerechnet eine Polizeiwache auszusuchen, das nenne er wirklich Pech. Als er sich diesen hier geschnappt habe, seien die beiden anderen stiften gegangen.

»Hut ab«, sagt der Polizist und nimmt ihm seine Mütze weg.

Mit einem Mal ist Ali ein anderer Mensch. Es ist, als ob er einen Helm tragen würde, so glänzt sein rabenschwarzes Haar unter der Bogenlampe. Still wie eine Statue sitzt er da, die Augen zu Boden gerichtet, seine zarten Hände ruhen auf den Schenkeln. Die Blumen, die heruntergefallen sind, liegen zu seinen Füßen wie eine Opfergabe.

Ich wage zu bemerken, dass seine Mütze nichts mit einem Hut gemein habe, dass sie sehr gut eine religiöse oder symbolische Bedeutung haben könne und es vielleicht höflicher wäre, wenn er sie aufbehalten dürfe, statt sie abnehmen zu müssen, da wir so gut wie nichts über diese Leute wüssten.

Als er meine Stimme hört, schlägt Ali die Augen auf und sieht mich mit einem betrübten Blick und so etwas wie Geringschätzung um die Mundwinkel herum an. So muss Jesus geschaut haben, als Judas mit seinem Kuss das Zeichen gab.

Ich erschaudere bis ins Mark. Ich gehe auf ihn zu, sehe ihm in die Augen und frage, ob er denn nicht mehr an mich glaube. Während ich spreche, folgt der Abtrünnige den Bewegungen meiner Lippen, um darauf die Spur eines Grinsens zu entdecken. Wäre ich nicht so entrüstet, dann könnte ich jetzt meine Tränen nicht zurückhalten.

»Ich weiß es nicht«, gibt er aufrichtig zu.

»Sie sollten sich schämen«, sage ich bitter, doch wie ein echter Götze gibt er kein Lebenszeichen von sich.

»Sie scheinen sich zu kennen?« Und der dicke Polizist sieht mich prüfend an.

»Wie heißt Ihr Schiff?«, frage ich Ali.

»*Dehli Castle*. Das habe ich doch in diesem Laden schon gesagt.«

Nun muss der Talisman den Rest erledigen, und auf meine Bitte hin reicht Ali unser Pappstück dem Mann mit dem Wählerverzeichnis, der sich zunächst etwas damit abmüht und es dreht und wendet, bis es ihm dann doch noch gelingt, den Text zu entziffern. Es geht zwar nicht schnell, aber es geht, und sofort wird ihm die Sache klar. Seine Gutmütigkeit entlädt sich in einem schallenden Gelächter, er müht sich hinter seinem Tisch hervor, reicht Ali die Mütze und klopft ihm gemütvoll auf die Schulter.

»Viel Glück bei Kortenaar.« Er bückt sich umständlich, mit Bauch und Hinterteil, hebt sogar die Blumen auf und öffnet uns zuvorkommend die Tür. Ich hatte mich nicht getäuscht, der Mann ist die Redlichkeit selbst.

5

Auch wenn diese Maria van Dam wie verhext scheint, kommt es mir doch vor, als müsste sie dieses Mal daran glauben, denn sonst wäre diese Nummer fünfzehn schon ein sehr merkwürdiger Zufall. Um Ali über den Stand der Dinge zu informieren, berichte ich, dass der dicke Polizist für mich nach dem Unterschlupf Marias gesucht und ihn auch tatsächlich entdeckt habe.

»Sie haben viel Macht in diesem Land, Sir«, sagt er bewundernd.

Er will sofort wissen, wie viel es gekostet hat, taucht seine Hand in den Mantel und tastet nach dem Aufbewahrungsort ihrer gemeinsamen Kasse. Als ich ihm versichere, dass ich nichts bezahlen musste, fragt er, ob es sich auch um einen richtigen Polizisten gehandelt habe und ob dessen Opferbereitschaft nicht verborgene Fallstricke enthalten könne.

Dass die Hausnummer sich als korrekt herausgestellt hat, nicht aber die Straße, scheint ihn enorm zu erleichtern.

»Halb, halb«, überlegt er strahlend, »das ist sehr gut. Ja, es ist ein ganz reizendes Mädchen. Und vielleicht hat sie die andere Straße gemeint, aber falsch geschrieben? Dies hier ist eine Reise mit Hindernissen, so wie das Besteigen des Hindukusch, doch die Belohnung kommt.«

Ich hoffe von Herzen, dass er recht hat, doch bei der Bank in der Grünanlage ist niemand mehr zu sehen, und der Himmel mag wissen, wo die anderen beiden hingelaufen sind. Vielleicht sogar auf direktem Wege zur *Dehli Castle,* wo sie sicherer sind als an irgendeinem anderen Ort in unserer Stadt und den Schal und das Ingwerglas noch einmal in Ruhe rekapitulieren können. Das wird sie lehren, sich mit unseren Mädchen einzulassen. Und jetzt kann ich vielleicht in Ehren entlassen werden, denn es ist nicht gesagt, dass sich Ali ohne seine Freunde zu Maria begeben möchte. Als ich ihn frage, was er von diesem Verschwinden hält, schüttelt er nur den Kopf, führt die Finger zum Mund und lässt einen seltsamen Pfiff ertönen. Es klingt anders als das Pfeifen bei uns hier, doch es trägt weit und wird am Ende der langen Straße von einer Klostermauer zurückgeworfen. Das Echo ist kaum verklungen, als wir in der nächtlichen Ferne denselben Ton vernehmen, und nach einigem Warten kommt die dunkelhäutige Brut durch das Mondlicht angetrabt. Aus meiner Entlassung wird also vorläufig nichts. Sie machen in einiger Entfernung halt, kommen dann zögernd näher und mustern mich dreist vom Kopf bis zu den Füßen, als hätten sie nicht erwartet, mich wieder zu sehen. Ich würde diese Würmer am liebsten zertreten, doch Ali erstattet bereits Bericht über das, was ihm widerfahren ist, denn er führt eine ganze Weile das Wort, ohne dass sie ihn unterbrechen. Und als er offenbar über mein Auftreten spricht, blicken sie bewundernd und mit einem beifälligen Nicken in meine Richtung.

Jetzt, da unser Peloton wieder vollzählig ist, kann vorgerückt werden, denn vom Turm schlägt es elf. Dass Maria bereits im Bett liegen könnte, ist nicht so schlimm, im Gegenteil, das kann alles vereinfachen, doch ich bin mir noch nicht ganz sicher, dass das Carlton Hotel wirklich die letzte Station unseres Kreuzwegs sein wird. Glücklicherweise ist es diesmal nicht weit, die zweite rechts und die erste links, ohne Zickzack oder irgendeine Straße mit Kurven darin.

Ich bleibe auf der gegenüberliegenden Seite stehen, um Kortenaars Hauptquartier zu mustern, denn ich begebe mich nicht einfach so auf dünnes Eis, wie es die dunkelhäutigen Jungs mit ihrem Pappstück tun.

Carlton Hotel ist ein glanzvoller Name, der jedoch wie die Faust aufs Auge passt, denn es ist eines dieser schäbigen Häuser, wie man sie in allen alten Städten finden kann, um die sich niemand mehr kümmert und die mit griesgrämigem Antlitz in der Reihe stehen. Sehr viele Gästezimmer kann es nicht geben, denn ich sehe nur zwei Stockwerke, drei Fenster breit. Anders als bei Fathma lässt sich nicht die Spur einer roten Lampe erkennen. Oben ist alles dunkel und verhangen, doch unten scheint einiges los zu sein, denn ich höre etwas, das Musik ähnelt.

Scheinbar alles andere als ein Lokal für Leute meines Standes, so niedrig dieser auch sein mag.

»Eintreten?«, frage ich zögernd, in der Hoffnung, meine Freunde würden die Flinte ins Korn werfen.

»Deshalb sind wir hier, nicht wahr, Sir«, sagt Ali. Mit unseren Blumen voran gibt er ein Beispiel, und ich folge ihnen als ein vierter Paria.

Im ersten Moment weiche ich zurück, als müsste ich gegen eine Flutwelle ankämpfen, so stampfend und gewaltig ist der Herzschlag aus dem Plattenspieler, der verzweifelt durch den engen Raum jagt und wie ein wildes Tier einen Ausweg sucht. Dicker Tabakqualm zieht durch die Gaststube, nebelt alles ein und treibt mir die Tränen in die Augen, doch nachdem ich ein paarmal geblinzelt habe, gelingt es mir, Kortenaar auszumachen, der hinter dem Schanktisch steht und tut, als ob er uns nicht bemerkt. Er hat einen grauen Krauskopf und ein fahles Gesicht, im Farbton irgendwo zwischen dem meinigen und dem von Ali. Seine lebhaften Äuglein wandern ruhelos umher, während er summend Gläser spült, doch gefährlich sieht er nicht aus, und ich glaube, dass der Polizist mit dem Wählerverzeichnis übertrieben hat. Neben der Tür sitzt eine junge Frau, die ein Kind stillt, am Schanktisch hängen zwei Mädchen, die sich zur Musik wiegen, und an der Wand hocken vier apathische Kerle und spielen Karten. Im offenen Teil des Raums tanzen sittsam zwei Paare, von denen keiner Notiz nimmt. Insgesamt nur fünf Mädchen, aber erstklassige, dem ersten Eindruck nach zu urteilen.

Mit einem Blick befrage ich Ali, der sogleich sagt, dass sie nicht hier ist. Schade, denn dann müssen wir fortfahren, sie zu suchen, und meine Energiereserven sind fast aufgebraucht.

Als wir mit unserem Blumenstrauß neben den Kartenspielern Platz nehmen, hört Kortenaar auf zu spülen, kommt zu uns und fragt höflich, was wir wünschen. Ja, der Mann ist eine angenehme Überraschung. Für mich einen Schnaps, doch Ali und seine Freunde bestellen Wasser. Sie zu drängen, nützt nichts, selbst als ich behaupte, dass ein Schnaps besser für sie sei, weil sie durchnässt sind, was sie nicht einmal zu spüren scheinen.

Wir werden kurz gemustert, dann machen die Kartenspieler weiter, ein Auge auf das Spiel und eines auf unsere Gesellschaft gerichtet, die beiden rauchenden Mädchen beginnen wieder zu summen und die Paare sich zu drehen, wobei einer der Burschen, ein langer mit einem pickligen Gesicht, jedes Mal, wenn er vorbeitanzt, meinem Stuhl einen Tritt gibt.

Während ich etwas näher an den Tisch rücke, um ihm nicht im Weg zu sein, steht Ali auf und durchquert das Café, bestimmt, um das bestellte Wasser noch rasch in etwas anderes umzuwandeln. Nein, er lässt Kortenaar links liegen und stellt sich vor den pickligen Burschen, wie ein dunkelhäutiger David vor Goliath. Ich höre, wie er auf Englisch sagt, dass es nun gut sei, und um besser verstanden zu werden, sieht er zu meinem Stuhl und ahmt die Bewegung des Tanzens nach, indem er mit seinem ausdrucksvollen Zeigefinger in einer imaginären Sauce rührt. Er ist höflich und voller Rücksichtnahme, dennoch strahlt seine schmächtige Figur eine außerordentliche Entschlossenheit aus. Kortenaar hört denn auch noch einmal mit dem Spülen auf, die Karten werden beiseitegelegt, und das Summen der Mädchen verstummt. Lediglich die junge Frau an der Tür scheint weder etwas zu sehen noch zu hören, denn sie lässt ihr Kind weitertrinken, als existierten wir nicht. Was wird nun geschehen? Und wieder denke ich an Frau und Kinder und an meine Pantoffeln. Aber ich bin nun einmal mit im Boot und gezwungen, mitzurudern, bis wir auf einer Klippe stranden. Es ist jedoch eine gute Lektion, die Früchte tragen wird, und wer auch immer mich das nächste Mal zu einer solchen Sache überreden will, mit oder ohne Talisman, muss schon sehr überzeugende Argumente haben.

Es ist eine wahre Erleichterung, als der Pickelbursche endlich antwortet.

»Haltet mich fest«, schreit er, »oder ich schmeiße diesen hässlichen Affen durchs Fenster.«

Doch unverhofft lässt er es sich gefallen, dass jemand ihn in einen Stuhl drückt, wo er fürs Erste sitzen bleibt. »Nicht gegen Schwarze«, warnt sein Mädchen, das vor meiner dunkelhäutigen Leibwache Respekt zu haben scheint. Inzwischen hat Ali wieder neben meinen Kameraden Platz genommen, wie einer, der weiß, dass er seine Mission pflichtschuldig beendet hat, und nun gefasst den Folgen entgegensieht.

Es muss unverzüglich gehandelt werden, sonst geht die Sache schief, oder aber wir sitzen morgen noch hier. Ja, jetzt muss der aschfahle Wirt dran glauben, denn es sieht nicht so aus, als ob Maria vom Himmel fallen wird.

Als ich mich aufmache und zum Schanktisch gehe, scheint Kortenaar mich schon zu erwarten, denn er bringt den Plattenspieler zum Schweigen und fragt bescheiden, wonach wir hier eigentlich suchen. Alles Leben scheint plötzlich zu erstarren. Mit der Musik kommt das Tanzen, Kartenspielen und Summen, das wieder aufgelebt war, endgültig zum Erliegen und kondensiert zu einer greifbaren Spannung.

Ich erzähle nun die Legende von Maria van Dam und flehe ihn an, sie zu rufen oder uns in Gottes Namen Zutritt zu ihrem Zimmer zu verschaffen, falls sie sich momentan im Carlton Hotel aufhält. Ob oben, hier oder im Keller, das ist mir einerlei, wenn das Ganze nur ein Ende findet.

»Maria van Dam?«, wiederholt er schleppend meine Worte. »Eine Blonde?«

Das weiß ich nicht, doch ich frage sogleich Ali, der hoffnungsvoll mit dem Kopf nickt. Und ich kann endlich einen Seufzer der Erleichterung ausstoßen.

»Ganz genau«, versichere ich. »So blond wie Kornähren. Dann mal her mit ihr.«

Kortenaars Mundwinkel sinken nach unten, während sich seine dicke Unterlippe nach oben schiebt, und es kommt mir vor, als ob sein fahles Gesicht verteufelt pessimistisch auszusehen beginnt. Er schüttelt entmutigend seinen Krauskopf und erklärt, dass er nicht glaube, sie zu kennen.

Das ist ein starkes Stück. Oder hält mich dieses Halbblut zum Narren?

»Und wenn sie nun eine Schwarze wäre?«, dränge ich. Selbst wenn sie grün aussähe, wäre mir das egal, solange wir sie nur zu fassen kriegen.

»Kann ich vielleicht einspringen?«, fragt eines der Mädchen, das eben noch mit dem Plattenspieler mitbrummte. »Ich heiße auch Maria.«

Sie sieht müde aus, hat jedoch ein hübsches Gesicht, ist schätzungsweise um die zwanzig, gut gebaut und wirkt ausgesprochen kampfbereit. Während sie spricht, bringt sie unvermittelt meine Krawatte in Ordnung, die verrutscht ist.

Ich werde rot und bedeute ihr, dass es nicht um mich geht, sondern um nicht weniger als meine drei dunkelhäutigen Kameraden.

»Das macht nichts, mein Freund«, versichert sie, »aber dann sofort anfangen, sonst wird es mir zu spät. Und du kriegst ein Pfund.«

Ich, ein Pfund? Was glaubt dieses Mädchen, wer ich bin? Ich könnte es natürlich annehmen, um es Ali hinterher zurückzugeben; für die Jungs würde es eine hübsche Ermäßigung bedeuten. Außerdem ist der Vorschlag mit einem Resultat verbunden. Der Albtraum hat schließlich lange genug gedauert, und es wird mir immer klarer, dass aus der ursprünglichen Maria nichts werden wird. Alle Scham von mir abschüttelnd, überbringe ich die Botschaft, doch Ali klammert sich an seine Illusion wie an eine Rettungsboje.

»Die hier, Sir.« Und er zeigt mir wieder seinen verdammten Talisman.

Dann also auf gut Glück einen Keulenschlag auf Kortenaar, dessen Atem ich auszuweichen versuche, denn er hat Knoblauch gegessen. Die Erwähnung des Wortes »Polizei« lässt ihn zusammenzucken. Er wird kriecherisch, fängt an, gehetzt in einer Schublade zu kramen, zieht ein speckiges Register heraus, bittet mich dann, neben ihm hinter dem Schanktisch Platz zu nehmen, und drängt darauf, dass ich es selbst durchsehe. Nun, auch wenn ich mich davor ekle, so ist das doch schnell gemacht, denn nach fünf Seiten bin ich bereits bei den Eintragungen, die zwei Jahre zurückliegen, doch von unserem Quälgeist keine Spur. Ein eigenartiges Hotel, so viel ist sicher.

»Gut, sie steht hier nicht drin«, gebe ich widerwillig zu, »doch dies ist ein Register für Durchreisende, während Maria van Dam bei der Polizei als wohnhaft im Carlton Hotel registriert ist. Offiziell re-gis-triert, Mijnheer Kortenaar. Wie erklären Sie sich das?« Und ich tue, was ich kann, um seine Affenäuglein zu fixieren, doch die stehen nicht still.

»Ach, Mijnheer«, beschwichtigt mich der Mann, »in dieser Gegend gibt es merkwürdige Dinge. Seinerzeit war hier einmal jemand registriert, der überhaupt nicht existierte.«

Ihr Durst wird also nicht gelöscht werden, und unser Blumenstrauß wird sein Werk nicht verrichten. Sie werden Maria ebenso wenig zu

Gesicht bekommen, wie ich Fathma in Bombay erblicken durfte.

Als ich wieder hinter dem Schanktisch hervorkomme, hat sich das Café wie durch Zauberhand geleert. Nur das stillende Mädchen sitzt noch da und singt ihr Kind in den Schlaf.

Ali hat alles verstanden, denn er dankt mir für die Mühe, die ich mir ungefragt gemacht habe. Nach Maria erkundigt er sich nicht einmal mehr, so sicher ist er, dass er und seine Freunde das Gelobte Land niemals betreten werden. Er bekommt sein Glas und nimmt einen ordentlichen Zug, wie um Maria definitiv hinunterzuspülen. Und vielleicht ist es auch besser so, denn nun bleibt mir von ihr wenigstens die Illusion, während ein Traum, der Wirklichkeit wird, wie Wasser durch die Finger rinnt.

6

Nun, da sich die störenden Gäste in Rauch aufgelöst haben, bestelle ich einen zweiten Schnaps, denn ich werde noch einen Moment hier bleiben am mollig warmen Ofen, den wir uns doppelt und dreifach verdient haben. Und bevor die nahende Trennung uns wieder zu Fremden macht, will ich noch ein wenig Alis freundlicher Stimme lauschen.

Ich frage also, aus welcher Gegend Indiens sie stammen, und nun stellt sich heraus, dass sie nicht aus dem Land Fathmas kommen, sondern aus Afghanistan.

»Kabul?«

Nein, nicht aus der Hauptstadt. Ihre Heimat sei das Hochgebirge an der Grenze zu Turkestan.

Ob ihr Sultan ein rechtschaffener Mann sei?

»Das weiß ich nicht«, lacht er. »Für kleine Vögel ist es ratsam, dem Adler nicht in die Quere zu kommen.«

Ich erkläre nun, dass wir hier einen König haben, ebenso wie in England.

»Ach«, tröstet Ali, »es ist überall das Gleiche.«

Als ich frage, ob sein Land schön sei, bestätigt er dies begeistert. Warum sie dann zur See führen, anstatt in ihren Bergen zu bleiben?

»Wir müssen essen.«

Ob sie verheiratet seien?

Er selbst nicht. »Bei uns in den Bergen sind Frauen und Schafe teuer. Erst noch eine Weile zur See, um Geld zu verdienen. Aber der hier ist verheiratet.« Und er zeigt auf den, der ihm am nächsten sitzt. »Er hat es dumm angestellt. Erst geheiratet und dann zur See.« Und da Ali bestimmt denkt, dass es unglaubwürdig klingt, zwingt er seinen Kameraden, vor mir seine Schuld zu bekennen, denn der kleine Mann nickt in beklagenswerter Weise und senkt anschließend das dunkle Haupt.

Ich will auch wissen, was er von den Frauen bei uns hält, auf die ich so stolz bin.

»Die Frauen aller Küstenstriche, die dem Seemann Liebe verkaufen, unterscheiden sich nur in der Hautfarbe. Hier sind sie hellhäutig, hinter Gibraltar braun, und ab Aden treffen wir wieder auf unsere eigene, besonders dunkle Art, doch überall sind sie gleichermaßen schlimm hinter dem Geld her, sodass wir nie wissen, wo wir unsere Heuer hintun sollen. Doch die hier«, und er starrt nachdenklich auf die ungelenke Handschrift, »die ist ganz anders. Wie Sonnenschein in diesem nebligen Land, sodass jeder auf dem Achterdeck seine Arbeit ruhen ließ, um zu sehen, wie ihre Hände die Säcke flickten, wie sie dort an der Luke saß, als ob sie bei uns bleiben würde, wie flink und fröhlich alles vonstattenging, ohne Hilfe und ohne etwas zu fragen, wie die Nadel hin und her huschte, das Lachen ihres Mundes und das Blitzen ihrer Zähne, wenn sie die Schnur durchbiss. Ganz zu schweigen von all dem anderen, auf das Männer in erster Linie schauen. Hielte ich dieses Papier nicht in der Hand, würde ich denken, dass ich geträumt habe. Ich fahre nun seit sechzehn Jahren zur See, und dies ist die erste Perle, Sir. Ja, eine Perle, es gibt dafür kein anderes Wort. Und warum unter diesem grauen Himmel, der die Menschen unauffindbar macht? Wir wissen es nicht. Ich habe Ihnen schon erzählt, was wir ihr gegeben haben, und vielleicht denken Sie, dass wir mehr hätten tun können, doch Seeleute müssen sparsam sein, und unser Lohn lässt es nicht zu, sodass wir unserem Freund, der verheiratet und ein bisschen unbedarft ist, den Schal vergütet haben, den er in Bombay für seine Frau gekauft hatte und den er, ohne nachzudenken, Maria gegeben hat, weil Nachdenken in ihrem Beisein so schwierig war. Nicht jeder kann beim Schenken an sich selbst denken, da der Geist sonst die Hand bremsen würde.«

Er wendet sich, irgendeine Bestätigung suchend, seinen beiden Kameraden zu, denn die tönen mit großer Entschiedenheit zurück, woraufhin alle drei schweigend ihren Blick auf die Tischplatte senken.

Um die bedrückende Stimmung zu durchbrechen, frage ich, welcher Religion sie angehören, doch der Übergang ist wohl zu abrupt, denn Ali scheint nicht so recht zu verstehen.

Ich versuche deshalb, meine Worte zu veranschaulichen, und zeichne einen sitzenden Buddha mit seiner Lotusblüte, Ohrläppchen bis zu den Schultern und einen Nabel in Form eines starr blickenden Auges. Dann frage ich, ob dies das Bildnis dessen ist, an den sie glauben.

Mit einem Blick hat Ali verstanden, reicht die Zeichnung weiter und übersetzt seinen Freunden meine Worte, so wie er es jedes Mal tut, wenn er eine Frage der Mühe wert befindet.

»No, Sir, wir gehören zu Mohammed«, sagt er nachdrücklich, worauf seine Kameraden bekräftigend nicken. Er entledigt sich meiner heidnischen Skizze, indem er sie mir wieder zuschiebt.

»Allah?«

»Ja, Allah«, sagt er leise, als fürchte er, dass der geheiligte Name bei Kortenaar besudelt werden könnte.

»Gut?«

»Das einzig Gute, heißt es.«

Um nun auch etwas von mir zu erzählen – sonst würde das Ganze etwas von einem Verhör bekommen –, teile ich ihm mit, dass wir hier Christen seien, doch diese Bezeichnung scheint er nicht zu kennen.

Auf der Rückseite des Buddhas zeichne ich jetzt unseren Christus am Kreuz, mit all den üblichen Attributen wie Krone, bitter verzogenem Mund und hervorstechenden Rippen.

Sie zeigen ein tieferes Mitleid, als es ein Christ jemals empfinden könnte, und Ali sagt: »Armer Mann.« Er habe schon mehrere von ihnen in der Stadt hängen sehen und sie jedes Mal aus tiefster Seele bedauert.

»Macht man das hier öfter?«, fragt er, worauf ich ihn zurechtweise und sage, dass dies unser Gott sei, unser Allah.

Er übersetzt, noch während ich spreche, so merkwürdig findet er meine Auskunft, und jetzt betrachten alle drei unseren Kreuzträger mit eingehender Neugier.

»Warum hat er das zugelassen«, fragt Ali, »und wer hat es gewagt?«

Als ich sage, dass er es selbst so gewollt habe, sehe ich, dass es ihnen die Sprache verschlägt.

An Aufklärung ist nicht zu denken, denn sie stehen vor derselben Mauer, an der ich bereits ein halbes Jahrhundert entlanglaufe, ohne eine Tür zu finden, und sitze mit unserem Menschengott angesichts der abstrakten Einheit ihres Allahs denn auch übel in der Klemme. Doch ich kann es richtigstellen und erkläre, dass es nun nicht direkt Gott selbst sei, sondern dessen Sohn. Das ist jedoch Öl in ihr Feuer, denn kaum hat Ali es übersetzt, kommt Leben in meine Afghanen. Vor allem der Verheiratete übernimmt das Wort, und als sein Vortrag endlich ins Stocken gerät, stellt Ali das Axiom auf, dass es dann auch eine Frau geben müsse, was ich zugebe.

»Und noch mehr Jungen oder Mädchen?«, fragt er neugierig.

»Nein, nur einen Sohn.«

»Sehr eigenartig«, sagt er kopfschüttelnd. »Er hat die Gestalt eines Menschen, muss also aus Fleisch und Blut sein, damit jene, die den Mut dazu aufbrachten, dem Schöpfer des Universums die Hand reichen konnten.«

Es wird Zeit, nun auch Gottvater unverzüglich ins Bild zu rücken, denn der ist schließlich der Urbegriff, der, als solcher, meine Afghanen mit dem Rest versöhnen könnte, doch ich zögere zwischen nackt oder angezogen, freundlich oder drohend und mit oder ohne Bart. Außerdem sollte auch der Heilige Geist eingeführt werden, denn nach meiner unvollständigen

Beschreibung unseres Gottesbegriffs könnten sie vielleicht an eine Art Familie denken, die noch stets in Menschengestalt irgendwo auf Erden wohnhaft ist. Ich fürchte jedoch, dass diese dritte Person sie zusätzlich erschüttern würde, und außerdem sehe ich ein, dass mein Englisch dieser Aufgabe nicht gewachsen ist.

Nun, da Liebe und Religion abgehandelt sind, kann auch diejenige Bewegung nicht länger übergangen werden, die überall auf Erden die Herzen in Aufruhr versetzt, und ich frage deshalb, ob sie schon einmal etwas vom Kommunismus gehört hätten.

»Ein paar aus unserer Gegend sind über die nördliche Grenze nach China gezogen, und einige von ihnen sind dort geblieben. Manchmal kommt auch der eine oder andere Reisende aus diesem großen Land und erzählt, beim Feuer, von jenem Propheten, der seit Jahren in einem gläsernen Sarg liegt, ohne zu Staub zu zerfallen, und der der Prediger der neuen Religion ohne Gott war, in der alle gleich viel Frauen und Schafe, Nahrung und Kleidung, Wohnung und Geld haben. Und nicht erst später in Allahs Schoß, denn das lehrt man uns schon lange, sondern bereits hier auf Erden, was auch nicht zu verachten ist.«

Der Kern der Sache ist ihm also nicht entgangen, so schwarz er auch aussieht.

»Sicher, bereits hier auf Erden, von der Geburt bis zum Grab. Glaubst du, dass Mohammed etwas dagegen hätte? Oder wollte er, dass die Gleichheit erst nach dem Tode beginnt?«

Ali antwortet nicht sofort, sondern sucht Rat bei seinen Freunden, wobei ich den Eindruck bekomme, dass ihre Konversation umsichtiger ist als vorhin, als wir über Frauen oder die Zusammensetzung unseres abendländischen Gottes sprachen. Schließlich kommt eine Gegenfrage.

»Hatte Ihr Mann am Kreuz etwas dagegen?« Sofort spüre ich, dass unsere Freundschaft vorübergehend am seidenen Faden hängt und wir uns momentan nur noch als Diplomaten gegenübersitzen. Ich muss deshalb sofort antworten, sonst ist einer weiteren Annäherung der Weg abgeschnitten.

»Soweit ich weiß, hat er niemals etwas in der Art gesagt. Im Gegenteil, er wollte die Großen kleiner und die Kleinen größer machen, und vor allem, dass jeder die faulen Stellen seiner Seele erforsche, hauptsächlich aber sprach er vom Leben im Jenseits, also im Schoß seines Vaters. Dort erst würde man den Lohn für seine Taten empfangen.«

»Das war auch weniger gefährlich, denn sogar Prediger müssen sich den Mächtigen unterwerfen. Und die besitzen lieber etwas auf Erden. Vielleicht war er vorsichtig?«

»Zumindest drückte er sich auf Umwegen aus. Aber er lebte auch unter gefährlichen Menschen.«

»Und doch nicht vorsichtig genug«, überlegt Ali, der sich offenbar an das Kreuz und die hervorstechenden Rippen erinnert. »Nicht alles gesagt und doch zu viel? Aber es ist sicher sehr lange her, und bevor das alles gesagt worden ist, müssen viele das Wort ergreifen. Erst haben die Alten das Jenseits gepredigt, und jetzt predigen die Neuen das Leben hier auf Erden. Sie ergänzen sich, denn ein und derselbe Mann kann nicht das erste und das letzte Wort haben.«

»Und Mohammed?« Denn ich würde mir wünschen, dass er Farbe bekennt.

»Unser großer Prophet ist noch vorsichtiger gewesen. Und der ist zumindest am Leben geblieben, bis Allah ihn rief. Aber auch er kann nichts dagegen haben, scheint mir, dass die Gleichheit bereits in dem Teil unserer Existenz beginnt, dessen wir uns am sichersten sind, denn man muss manchmal lange warten und viel ertragen, bevor man in seinen Schoß aufgenommen wird, nicht wahr, Sir? Doch was tun wir mit solchen Zeitgenossen wie unserem Sultan oder dem König von England?«

»Unter Geld begraben, falls sie zustimmen.«

»Und wenn sie nicht zustimmen?«

Ich öffne meine Hände und strecke sie ihm fragend entgegen, eine Geste, die vom Nord- bis zum Südpol dasselbe bedeutet: »Ja, was dann?«

Ali zögert zwar kurz, wie ein Hund vor dem Wasser, wagt aber doch den Sprung, denn mit seinem famosen Zeigefinger zeichnet er eine Schlinge in die Luft und zieht dann an einem unsichtbaren Strick.

Ich frage ihn, ob er keine anderen Methoden kenne, denn mir scheint, dass dieser frischgebackene Volkskommissar allzu kurzen Prozess macht.

Er denkt lange nach, scheint jedoch keine andere Möglichkeit zu finden.

»Ohne Gewalt wird es nicht gehen«, stellt er fest, »denn die Großen haben die Macht, doch die Kleinen sind zahlreich, und gegen die Ameisen kommt kein Tiger an. Die Ameisen sind jedoch blind, während der Mensch vor dem Tod zittert, und auch wenn er glaubt, so weiß er doch nichts. Die Erde wurde uns als Obstgarten übergeben, in dem das Ernten unsere Angelegenheit sein würde, also hat der Mensch das Gleichsein selbst in der Hand. Dennoch werden viele der Kleinen Allah sehen, bevor all die Arbeit getan ist.«

Plötzlich, als würde es ihm zu warm, macht er einen Schwenk und fragt mit all dem scheinbaren Interesse eines Ministers, ob ich selbst noch nicht ans Heiraten gedacht hätte, woraufhin ich großmütig bekenne, dass es mir nicht sehr viel besser gehe als seinem Kameraden, der zuerst geheiratet habe und dann auf große Fahrt ging.

»Auch wenn ich das Mädchen mit den Säcken nur für Sie und Ihre beiden Freunde gesucht habe«, versichere ich mit Nachdruck, wie ein Verdächtiger, der dem Richter vorgreift. Und ich muss mich beherrschen, um nicht auch noch einen Eid darauf zu schwören.

»Das wissen wir«, beruhigt mich Ali. Und nichts in seinem Gesichtsausdruck lässt vermuten, dass seine Versicherung nur ein Ausdruck von Höflichkeit ist.

Und ob ich auch Kinder habe?

»Sechs«, gebe ich zu, denn jetzt, wo sie an die Reinheit meiner Absichten zu glauben scheinen, können die Kinder ruhig dazukommen.

Er berichtet all dies seinen Freunden, die dem Ganzen zugeschaut haben, und aus ihren Mienen geht hervor, dass sie es für eine Leistung halten, die meinem Ansehen zugutekommt.

»Alles Töchter?«, fragt er behutsam.

Der Gute wagt es offenbar nicht, von Söhnen zu sprechen, so als fürchte er, das Wort könnte mich schmerzen, falls Allah mir keine männlichen Nachkommen vergönnt hat.

Als ich ihm versichere, dass drei Jungen unter ihnen seien, ergreifen sie ihre Gläser und trinken begeistert den letzten Rest Wasser aus, als eine Huldigung an meine Familie.

»Eine Frau, drei Söhne und drei Töchter«, überlegt er. »Sie haben nicht nur viel Macht in diesem Land, sondern sind auch ein glücklicher Mann, was noch besser ist, Sir, denn ein mächtiger Mann muss stets den Strick vor Augen haben, während einem glücklichen Mann nichts etwas anhaben kann.« Und, nach einem kurzen Blick auf meinen dritten Schnaps, den mir Kortenaar gerade vorsetzt:

»Warum trinken Sie dann alkoholische Getränke?«

Ich fühle mich ertappt, doch da meine angeborene Schüchternheit mich daran hindert, zu bekennen, dass es mir schmeckt, sehe ich mich gezwungen, irgendetwas draufloszuplappern.

»Wenn es in meinem Land, so wie heute Abend, kalt und feucht ist …«, versichere ich zögernd, doch er scheint meiner Erklärung sofort zuzustimmen.

»Sie nehmen es also nicht, um Ihren Kopf zum Drehen zu bringen, so wie die meisten hier, sondern als Medizin. Das habe ich mir schon gedacht. Ihr Mann am Kreuz würde das ebenso wenig erlauben wie Allah, nicht wahr?«

Der geheiligte Name lässt ihn kurz abschweifen und führt ihn zurück zu unserem theologischen Gedankenaustausch, denn nach einer ganzen Weile legt er seine Hand respektvoll auf meine und blickt mich ernst an.

»Sir«, sagt er, »unser Allah hat keinen Sohn, keine Frau, keinen Vater und keine Mutter. Er ist allein. Und niemand wird ihn jemals zeichnen, denn wer ihn sehen will, muss zuerst sterben.«

Nach einem solchen Bekenntnis gibt es nichts mehr zu sagen. Es ist ein würdiger Schlussakkord für unsere asiatische Sinfonie, und es wird allmählich Zeit, dass ich wieder an den Heimweg denke, denn wenn ich mich nicht beeile, ist meine letzte Straßenbahn weg. Außerdem bekomme ich Mitleid mit dem Wirt, der hinter seinem Schanktisch trübsinnig zu uns herübersieht und auf unser Verschwinden wartet, das das Signal für die Rückkehr seiner sauberen Kundschaft bilden wird.

Als er kommt, um abzurechnen, habe ich die größte Mühe, Ali am Zahlen zu hindern, während die sechs Arme meiner Gefährten wie die eines Tintenfisches damit beschäftigt sind, jeden Kontakt zwischen mir und dem Wirt zu unterbinden. Der Verheiratete murmelt noch etwas, woraufhin Ali behauptet, dass der, der die ganze Arbeit geleistet hat, auch belohnt werden muss, doch als Weißer habe ich schließlich das letzte Wort.

»Und doch muss sie hier wohnen, mein lieber Kortenaar«, versuche ich es noch einmal, als er das Wechselgeld bringt, aber der Mann gibt keine Antwort, wie einer, der weiß, dass sich mit Reden nichts verdienen lässt.

In der Zwischenzeit debattieren meine drei Kameraden weiter, so als könnten sie sich mit dem Ablauf nicht zufriedengeben.

»Wenn Sie mögen, trinken Sie doch noch ein letztes Glas auf unsere Rechnung«, schlägt Ali vor, doch um meine Reputation nicht zu verlieren, erkläre ich, dass man mit alkoholischen Getränken keinen Missbrauch treiben soll.

Ali nimmt seinen Talisman vom Tisch, dreht das Ding ein paarmal um, als ob er nicht so recht wisse, was er damit tun solle, und steckt es dann in eine der vielen Taschen seines Prunkmantels.

»Vielleicht können wir es später noch gebrauchen«, meint er, »falls die Umstände dann günstiger sind.«

Das Mädchen ist inzwischen leer gesaugt. Sie hat die Brüste wieder nachlässig in ihre Bluse gesteckt, sodass uns die weiße Haut darunter entgegenglänzt. Als wir uns ihr nähern, bleibt Ali stehen, wie ein neuer Melchior, und starrt gedankenverloren auf den kleinen Wicht, der mit geballten Fäustchen schlummert, während seine Mutter behutsam einen Tropfen Muttermilch auffängt, der sich einen Weg über seine Wange bahnt. Auch seine beiden Freunde, die auf Zehenspitzen hinter ihm stehen, betrachten schüchtern das Würmchen, für das sich das Tor zum Leben gerade erst geöffnet hat.

»Das ist die beste Zeit«, erklärt er. »Hier, in Afghanistan und überall auf der Welt. Möge Allah ihn beschützen und auch die neue Religion zu der seinigen werden.«

»Schau woandershin, du hässliche Kröte«, schnauzt ihn das Mädchen an. Und mit einem Ruck kehrt sie ihm den Rücken zu, wie um ihr Kind vor dem bösen Blick zu schützen. Ali, der kein Wort von ihrem Flämisch versteht, nickt wohlwollend.

»Sie vergessen Ihr Bukett, Mijnheer«, ruft Kortenaar mir hinterher.

»The flowers«, wiederhole ich ratlos wie ein Echo, denn ich selbst weiß mit ihnen nichts anzufangen.

»Für die junge Mutter«, beschließt Ali. »Hat man erst einmal ein Kind, werden die Geschenke rar.« Er nimmt die Blumen in Empfang und legt sie vorsichtig auf den Tisch neben das abweisende Mädchen, wobei sich auf der Visage des Wirts ein Lächeln breitmacht, das mich erschaudern lässt.

Mit einem letzten Blick nimmt er Abschied von der trostlosen Kneipe, von Kortenaar, der jungen Mutter und ihrem Säugling und öffnet mit der Würde eines Hohepriesters die Tür.

Vor uns liegt die ausgestorbene Stadt wie eine Ruine im Mondlicht. Ich werde noch ein Stück mitgehen, sie könnten sich sonst verirren.

»Schade, dass wir das Mädchen von der Zigarettenschachtel nicht gefunden haben.« Auch wenn sie mehr oder weniger darüber hinweg zu sein scheinen, wurmt mich die Sache mit Maria immer noch.

»Ja«, gibt er zu. »Doch sie ist wie ein Bild, das man im Wasser sieht. Wenn man danach greifen will, ist da nichts. Oder wie die Lichter im Sumpf. Man kann ihnen nachlaufen, doch man holt sie niemals ein. Aber Sie haben Ihr Bestes getan, Sir«, meint er anerkennend. Und auf ein Wort von ihm wird seine Meinung von den beiden anderen mit Gesten bekräftigt, so überschwänglich, als sei ich Harun al-Raschid persönlich.

»Glauben Sie wirklich an den Mann am Kreuz, Sir?«, fragt Ali.

»In unseren Breiten glaubt man im Allgemeinen an ihn.«

»Dann ist er es vielleicht, der es so gefügt hat, dass Sie ihr nicht begegnen sollen, weil Sie gut, aber auch leidenschaftlich sind und es sich um ein wirklich bezauberndes Mädchen handelt.«

Will er mich unter seine väterlichen Fittiche nehmen, oder ist es eine perfide Unterstellung? Ich werde besser Schutz unter dem Mantel meiner Familie suchen.

»Ich habe Ihnen doch gesagt, dass ich verheiratet bin und sechs Kinder habe?«

»Gerade deshalb. Auch wenn Sie nicht mehr vom Leben verlangen können – das Mädchen ist viel zu nett und das Fleisch schwach.«

»Aber Ihr Kamerad, der es so dumm angestellt hat, ist doch auch verheiratet? Erst geheiratet und dann zur See gefahren, haben Sie erzählt. Und der ist nichtsdestotrotz in Maria verliebt. Und was mich betrifft: Ich kenne sie ja nicht einmal.«

»Dass Sie sie nicht kennen, ändert nichts an der Sache, im Gegenteil, denn so bezaubernd sie auch ist, die Vorstellung macht alles noch schöner. Und was meinen verheirateten Freund betrifft, Allah ist groß, und seefahrendem Volk wird viel vergeben.«

»Hart ist das Leben eines Seemanns«, komme ich ihm entgegen. »Die schwerste Arbeit, auch bei Sturm und Unwetter, wird ihm zuteil.«

»Nein, Sir«, sagt Ali lachend, »so schlimm ist es wahrhaftig nicht. Die Landbewohner bilden sich allerhand Dinge ein. Doch sehen Sie, es gibt keine Frauen an Bord, wohingegen Sie täglich über die Mutter Ihrer sechs Kinder verfügen können. Und um Ihnen nicht eine noch schwerere Last aufzubürden, hat womöglich der Mann am Kreuz die Spur des Mädchens ausgelöscht oder sie unsichtbar gemacht, sodass wir sie nicht finden können, auch nicht mit Ihrer Hilfe und der des Polizeipräsidenten, der die Häuser aller Menschen kennt, denn wer sich selbst an ein Kreuz nageln lässt, der muss ein mächtiger Zauberer sein. Falls es sein Werk ist, hat er weise gehandelt, denn wir hatten keine Gelegenheit, Sie zu warnen, dass Sie umso mehr auf der Hut sein müssen, weil Maria aus Ihrem Volk stammt und die Flut der Worte sogleich jedes Hindernis hinwegspülen würde.«

»Vielleicht seht ihr sie ja einmal wieder«, sage ich zur Ablenkung, um der Gotteslästerung ein Ende zu bereiten.

»Vielleicht bei einer der nächsten Reisen, wenn es wieder Säcke zu flicken gibt. Für uns Menschen ist die Zukunft ein geschlossenes Buch.«

Und Ali macht mit der Hand eine unbestimmte Geste, die deutlich besagt, dass Allah darüber entscheiden wird.

Eigentlich hat sich unser Kreis noch nicht geschlossen, denn noch immer habe ich die Lange Ridderstraat in der Hinterhand. Soll ich? Es ist ganz in der Nähe, doch die Straße scheint mir plötzlich weitab zu liegen, unendlich weit, so weit, wie ein Ort nur entfernt sein kann, an dem sich das befindet, was man niemals erreichen wird.

Inzwischen sind wir bei der Werft angelangt. Wenn sie ihr folgen, landen sie automatisch bei der *Dehli Castle* und können sich in ihre Koje legen. Sich jetzt zu verirren ist ausgeschlossen, denn ihr Weg wird von den Mastodonten markiert, die schlummernd in einer Reihe am Kai liegen.

Jetzt, da die Stunde des Abschieds schlägt, denke ich an die Polizeiwache zurück und an Alis Blick, mit dem er mich unter seinem schwarzen Helm hinweg ansah. Und als ob unsere Bekanntschaft noch Jahre dauern sollte, spreche ich die Hoffnung aus, dass er mich nie wieder verleugnen werde.

Er denkt nach, so wie jemand, der sein Gewissen erforscht, um nicht leichtfertig eine Antwort zu geben.

»Verleugnet habe ich Sie nicht«, sagt er leise. »Mein Geist war wankelmütig, nicht jedoch mein Herz.«

Ich wünsche ihm nun eine glückliche Heimreise. Und um den Abschied mit einem Scherz zu versüßen, sage ich, dass sein verheirateter Freund zu Hause nicht zu viel von dem Mädchen erzählen sollte, wegen seiner Frau, die er zurücklassen musste, um zur See zu fahren.

»Das wird er nicht tun«, versichert Ali. »Auch wenn er es dumm angestellt hat, so hat er doch eine sehr vorsichtige Zunge.«

Und, nach einem Augenblick der Stille, denn ich weiß nichts mehr zu sagen:

»So, wie für jeden einmal die Zeit kommt, zu sterben, Sir, so ist es für uns jetzt Zeit, Sie zu verlassen. Ich wünsche Ihnen Freude und Gesundheit in diesem nassen Land und auch, dass die Zahl Ihrer Söhne noch wachsen wird, dann wird man Sie nach Ihrem Tod nicht vergessen. Wir haben Sie bei allem, was Sie getan haben, aufmerksam beobachtet, denn in der Fremde muss man ebenso sehr auf der Hut sein wie die Tiere der Wildnis, und wir haben gesehen, dass Sie es gut mit uns meinen, so als ob wir Brüder wären, obschon wir nicht Ihrem Volk angehören. Nicht nur, dass Sie keine Belohnung annehmen wollten, Sie haben sogar das Wasser und das alkoholische Getränk bezahlt, und ich habe mich sehr anstrengen müssen, bevor ich Ihnen das Geld für die Blumen zurückgeben konnte. Und das alles, weil Sie wussten, dass wir uns in dieser Hafenstadt nicht auskennen. Ja, wir haben alles verstanden. Ich bin Ihnen dankbar, und meine Freunde sind es ebenso, auch wenn sie es selbst nicht sagen können. Sollten Sie jemals in ferne Länder kommen, hoffe ich, dass Ihr Mann am Kreuz jemanden Ihres Weges schickt, der Sie ebenso lange begleitet, wie Sie uns begleitet haben, ohne zu sagen: ›Es regnet zu stark‹, denn ein hilfsbereiter Fremder ist ein Leuchtfeuer in der Nacht. Und was nun das Mädchen betrifft: Sollten Sie ihr begegnen, Sir, sagen Sie ihr dann, dass wir bei dem Mann mit den Vogelkäfigen gewesen sind, der erst ihr Schreiben auf den Boden legte und dann nicht reden wollte, beim Polizeipräsidenten, der höchstpersönlich die Blumen aufhob, und auch bei dem Mann, der nur Gläser spült und Lieder singt, dass wir also alles getan haben, was vier Menschen bei Nacht in einer Stadt wie dieser tun können. Und dass sie nach der *Dehli Castle* Ausschau halten soll, denn sie kommt bestimmt zurück, falls das Schicksal es gut mit ihr meint. Wird sie nicht an Bord geschickt, soll sie von sich aus kommen, aufs Achterdeck, zur Luke, wo einer von uns dreien sie erwarten wird. An neuen Geschenken soll es nicht fehlen, auch wenn die ersten zu nichts geführt haben. Doch passen Sie auf sich auf, denn man kommt schwer von ihr los. Deshalb ist es ein Gebot der Vorsicht, mit ihr zu sprechen, ohne sie anzurühren.«

Ich bedeute ihm nochmals, dass ich sie, leider, nicht kenne.

»Doch Sie kennen all die Worte, die auf dem Papier stehen, sodass Sie fragen können. Und am Hafen kann man nicht mehr fehlgehen, denn unter den Sackflickerinnen gibt es keine wie sie. Das ist so sicher, wie Allah der einzige, wahre und allmächtige Gott ist.«

Er bleibt einen Moment regungslos stehen und starrt zu Boden, als sei er unschlüssig, ob er noch etwas sagen oder tun solle, kramt dann zwischen Mantel und Futter herum und bietet mir erneut die Schachtel Zigaretten an.

»Nun, da unsere Wege sich trennen, können Sie es nicht ausschlagen.« Ich nehme das Geschenk in Empfang und versichere ihm, dass ich es als Andenken bewahren werde.

»Nein«, rät er, »Sie müssen sie rauchen, sonst trocknen sie aus. Wahre Freunde brauchen kein Unterpfand, um einander in Erinnerung zu bleiben.«

Diese allerletzten Worte besiegeln unsere kurzfristige Bruderschaft.

Noch ein Händedruck, und sie brechen auf. Und nun, da sie allein sind, gehen sie wieder in ihrer gewohnten Reihenfolge, mit Ali an der Spitze. Unter der ersten Laterne bleiben sie stehen, als wüssten sie, dass ich ihnen nachschaue, winken mir ein letztes Lebewohl zu und schwinden in der endlosen Ferne der Werft rasch wie Ameisen dahin.

Um nach Hause zu kommen, muss ich nun eigentlich durch die Lange Ridderstraat, und es wäre nicht zu verantworten, wenn ich dem aus dem Wege ginge. Mir scheint, dass ich kein Verbrecher bin, und ich werde deshalb weitergehen, auch wenn es mich den Hals kostet.

Ich biege um eine bekannte Ecke, und sie liegt vor mir: ein Streifen Mondlicht und daneben eine Schattenbank. Wie spät mag es wohl sein?

Unter all den Straßen unserer alten Stadt kommt mir diese am unseligsten vor. Generationen von Proletariern haben sich hier unermüdlich fortgepflanzt, in stinkenden Bruchbuden, die nur durch eine gewaltige Kraftanstrengung in der Senkrechten gehalten werden. Zu dieser unchristlichen Zeit ist niemand zu sehen, nichts zu hören. Aus den alten Abwasserkanälen steigt ein Dunst auf, von dem mir übel wird.

Nummer einundsiebzig ist eine verwitterte Tür und eine Fensterhöhle, die zur Hälfte mit Brettern vernagelt ist. An der verblichenen Fassade blättert der Putz, und aus einem Abflussrohr, das wie ein Galgen herausragt, tröpfeln träge die letzten Tränen des Regenschauers, der mich daran gehindert hat, meine Stammkneipe aufzusuchen.

Wirst du es wagen, an dieses Heiligtum anzuklopfen, um in Alis Namen nach Maria zu verlangen, die heute Morgen wegen der Säcke an Bord der *Dehli Castle* war? Denn hier ist es, mein Innerstes ist sich dessen gewiss.

Komm, alter Satyr, es ist genug. Lass sie in Frieden ihre letzten Zigaretten genießen, von ihrem Schal und dem Ingwerglas träumen. Und geh weiter, dann wird dir vielleicht die Geilheit nicht angerechnet, die dich bei dieser nächtlichen Jagd getrieben hat.

Sich jetzt vor allem nicht grämen und nicht mit nach Bombay, keine Suche mehr nach Fathmas Nest, sondern rasch mit der Zeitung nach Hause, um wieder im Kreis derer Platz zu nehmen, an die ich gebunden bin und die mich langweilen, unsagbar.

Und während ich erneut an Ali denke, fällt mir ein Lied aus meiner Jugend ein:

Adieu, adieu,
I can no longer stay with you,
I hang my harp on a weeping willow-tree
and may the world go well with thee.

Ja, Brüder, es möge euch gut ergehen in der Welt. Allah möge euren Weg ebnen und euch beschützen auf See, um euch zurückzuführen zu euren Bergen, wenn die Zeit dafür gekommen ist. Und was Maria und Fathma betrifft, so lasst uns nicht verzweifeln, denn der Wille des Herrn ist unerforschlich.

Antwerpen, 1946

Über den Autor

Willem Elsschot (1882–1960) war das Pseudonym von Alfons De Ridder, der zu den wichtigsten Autoren Belgiens und der Niederlande zählt. Er wuchs in Antwerpen auf, besuchte dort eine Handelsschule, interessierte sich schon früh für Literatur und begann in jungen Jahren, Gedichte in Zeitschriften zu veröffentlichen. Nach einigen Jahren als Büroangestellter in Paris, Rotterdam und Brüssel gründete er in Antwerpen eine eigene, erfolgreiche Werbeagentur, um seine mittlerweile achtköpfige Familie zu ernähren. Daneben schrieb er insgesamt elf Romane, die heute als Klassiker der flämischen Literatur gelten. Erst spät erhielt er Anerkennung für sein Werk und wurde mit mehreren Preisen ausgezeichnet, darunter postum mit dem belgischen Staatspreis für Literatur für sein Gesamtwerk.

Seine Romane sind von Kleinbürgern, Büroangestellten, Menschen mit großen Träumen und einem unscheinbaren Alltag bevölkert, deren Geschichten Elsschot mit einer Mischung aus Amüsiertheit, Bitterkeit, Mitleid und beißendem Spott erzählt. Dabei schöpft er immer aus seiner unmittelbaren beruflichen oder familiären Erfahrung. Es erstaunt denn auch nicht, dass seine Hauptfiguren als Alter Ego von Elsschot gelten.

Der Übersetzer

Gerd Busse, geboren 1959, Dr. phil., studierte in Göttingen, Amsterdam und Berlin Erziehungswissenschaften, Politik und Niederlandistik und ist, neben seinem Hauptberuf als Sozialwissenschaftler, seit vielen Jahren als Publizist und Übersetzer aus dem Niederländischen tätig.

Bücher zum Glück im Unionsverlag

Mauricio Botero
Don Ottos Klassikkabinett

Don Otto betreibt einen kleinen Musikladen in Bogotá. Ob Punker, Partygirl, Politiker, ins Zivilleben zurückgekehrter Guerillero, ja selbst erklärter Musikhasser: Für jeden legt Don Otto die richtige Musik auf, serviert dazu eine Tasse duftenden kolumbianischen Kaffee und lässt sich bereitwillig auf ein Gespräch ein, das nicht selten zum sokratischen Dialog gerät.
Don Otto, als Kenner und Liebender, bringt dabei funkelnde Anekdoten und Erkenntnisse aus dem Leben und Werk der Komponisten an den Tag – von Bach, Bartók und Beethoven bis Prokofjew, Strauss oder Telemann. So erweist sich *Don Ottos Klassikkabinett* als vielstimmig klingende Schatztruhe, aus der sich jeder schmunzelnd sein Lieblingsstück heraussuchen kann.

»Ein literarisches Kleinod, auch für Klassikeinsteiger.«
Boletín cultural

Aus dem Spanischen von Peter Kultzen
192 Seiten, Leinen, mit Lesebändchen